身代わり令嬢の余生は楽しい
～どうやら余命半年のようです～

ユルゲン
（ユルゲン・ノーム）
魔導士学校の同期で、ノアとともに魔塔に勤務している。学生のころから、ノアをライバル視している。
エドモンド
（エドモンド・マグナス・ティリエ）
ティリエ王国の第二王子。ノアの幼馴染で親友。魔導士学校では同期でもあった。
フィーネ
（フィーネ・ハウゼン）
ハウゼン伯爵家の次女。白金の髪に翠玉の瞳を持ち、ハウゼン家特有の見た目とは違った容姿をしている。『魔力なし』のため、『ハウゼン家の恥』と呼ばれ隠されながら父の仕事の手伝いをしていた。病が進行し、余命半年と宣告されてしまう。
ノア
（ノア・シュタイン）
王族につぐ公爵家の当主で大陸一の天才魔導士。綺麗な顔立ちをしているが、額には火傷のあとが残っている。辺境にある自領で魔導の研究にいそしんでいたところ婚約者として送り込まれてきたフィーネと出会う。
Character

デイジー
（デイジー・ハウゼン）
ドノバンの妻。
フィーネの母親。
ドノバン
（ドノバン・ハウゼン）
ハウゼン伯爵家の当主
でフィーネの父親。
怪しい投資話に手を出
している。
ミュゲ
（ミュゲ・ハウゼン）
ハウゼン伯爵家の長女。
フィーネの姉で、
殿方に人気がある美し
い見た目をしている。
マギー
（マギー・ハウゼン）
ハウゼン伯爵家の三女。
フィーネの妹で、幼い
頃は体が弱かった。

プロローグ～辺境の領地にて～

ティリエ王国の若き天才魔導士ノア・シュタイン公爵が王都を去って四か月後——。

彼は辺境にある自領で魔導の研究にいそしんでいた。王家からの報奨金のお陰で、研究施設の設備はほぼ完ぺきといってよかった。

そして研究に疲れると、彼は領主館の敷地にある実験棟を出て、森林に囲まれた湖のほとりを散歩する。

ここではほとんど人目もないので、仮面をつけたり、フードを目深にかぶったりして顔を隠す必要もない。王都と違い、繕うことなく自由に歩き回れる。

ノアは素肌に風をあび、湖を渡る水気を含んだ空気と新緑の香りを吸い込んだ。

彼は湖の見える庭にしつらえられたガーデンテーブルに腰かけ、眩しげに目を細めて景色を一望する。鏡のような湖面に映る美しい森林と青い空を眺めながら、暖かい日差しの中で食べる昼食は格別だ。

真っ白なクロスが敷かれたテーブルの上には、カモ肉や野菜、卵などが挟まれたサンドイッチやサラダ、スープなどが並んでいる。ノアはとりわけカモ肉が好物で、そればかり食べていた。

すると、ノアの前に影が差し、鈴を転がすような声がする。

「まあ、ノア様、野菜も食べなければいけませんよ」

それと同時に芳しいコーヒーの香りが漂ってきた。

「ノア様の左隣に座ってもいいですか？」

淹れたての熱いコーヒーの入ったカップを差し出すのは、日に透ける白金《プラチナブランド》の髪に澄んだ翠玉の瞳を持つ見目麗しい令嬢だ。

その令嬢が向かい側の席ではなく、わざわざノアの横に座る。なぜなら、その席からは湖や森を一望できるからだ。

普通、女性はノアの火傷《やけど》の痕が残る醜い容貌を忌避するのに、なぜか彼女は醜悪さなどものともせずに近づいてくる。そのうえ、豊かな自然以外何もない辺境の地で毎日楽しそうに、幸せだといわんばかりに暮らしている。

初めは、少し風変わりな令嬢だと思った。だが、今は面白い令嬢だと思っている。


彼女はノアが辺境の領に戻った二か月後に単身ここへやって来た。

投資に失敗した貴族家が資金援助欲しさに、婚約者にどうかと娘を押し付けてきたのだ。

いつもなら追い返すのだが、彼女には深い事情があり、ノアは仕方なく手元に置いている。

「勝手にどこにでも座ればよいだろう」

ぶっきらぼうにこたえるノアに、彼女は笑いかける。

「ノア様の左半分はとってもきれいなお顔立ちなので癒やされます」

「お前、失礼な奴だな」

ノアの右半身は顔を含めて焼けただれた痕があり、引きつれていて正視に堪えないほど醜かった。左半分だけとはいえ、顔を褒められたのは子供の時以来だ。

「気にしないでください。私、余命半年ですから、気の毒な娘だと思って捨てておいてください」

悪びれもせず、彼女は明るく軽やかに笑い、なんでもないことのように、己の短い余命を口にする。

「まったくあきれた奴だ。なにかというと自分の余命を逆手にとって」

驚いたことに、この娘は病身であるにもかかわらず、王都から辺境にある公爵領まで、ひと月もかけて馬車でやって来たのだ。追い返したりしたら、弱って帰路で死ぬだろう。

「それはノア様が、お優しいからですよ。だから私のようなものに足元を見られるのです。ああ、そういえば、もう余命半年もないかもしれませんね。ふふふ、ここの暮らしが穏やかですっかり忘れていましたけれど」

彼女はそう言って、割ったスコーンを口にして、クリームがたっぷりと入った濃く淹れた紅茶をおいしそうに飲む。

「優しかったら、魔導の研究者などしていないし、成功も収めていない。そもそもお前は婚約者ではなく、俺の実験体だからな」

不愛想にノアが答える。

「はい。その実験体の私は、おいしいアップルパイが食べたいです。アツアツのアップルパイの上にひんやりしたアイスクリームが載っていたら、なおいいです」

「仕方がない。気の毒な奴だから、お前の夢をかなえてやろう」

ノアが頷く。

「嬉しいです。ノア様のそういうところ、大好きです」

そう言って彼女は陽だまりのように明るく笑った。

「なっ！　なにを言っている。アップルパイとアイスクリームごときで」

彼女の笑顔に頬がかっと熱くなり、ノアはぱっとフードで顔を隠して黙り込む。

昼食後、二人はガーデンテーブルに並んで座り、輝く湖面を飽くことなく眺めた。

彼女との間に落ちる沈黙もまったく苦にならない。

——領主館のポーチに捨てられた貴族令嬢は、不思議な女性だった。

第一章　大魔導士ノア

ティリエ王国は大陸で最も魔導技術が発達した国である。

魔導とは魔方と魔法を総称したものだ。

魔法は自身の魔力を源に風や水や火など自然のエネルギーを操るもの。対して魔術とは、方法や理論を学び、魔導具や薬を作り出したり、時には人ならざるものと契約を結んだりするために必要となる技術である。魔法も魔術もアプローチは異なるものの、両方魔力がなければ行使できないものだ。魔力は血筋と密接な関係があり、この国ではたいてい王侯貴族に発現するものである。魔力の有り無しが時に彼らの格を決めることになる。たとえば、結婚もそのひとつだ。

ノア・シュタイン公爵は王都マグナスにある王立魔導研究機関、通称魔塔の筆頭魔導士であった。大陸一の大魔導士として彼の名は轟いている。

そして大魔導士ノアは、ティリエ王国第二王子のエドモンド・マグナス・ティリエによって王宮内にあるサロンに呼び出されていた。

二人の周りにはエドモンドの護衛と給仕が控えている。テーブルには熱い茶と焼き菓子が置かれていた。

彼らは、王立魔導学園時代の同期生であり、親しい友人だ。

「ノア、このまま婚約者もいなければ、お前の評判は落ち続けるぞ」

ソファに腰かけたエドモンドは、難しい表情でテーブルを挟んだ向かい側に座るノアを見つめる。

「殿下、御心配には及びません。私は少しも気にしていませんから」

フードを目深にかぶったままで、ノアが答える。彼の場合、その醜い容姿から王族の前でも、公式の場でも姿をさらさなくてもいいことになっていた。

「お前が気にしていなくても私が気になる。お前はこの国の魔導研究部門における功労者だ。この国が豊かであるのも、お前の開発した魔導具やポーションのお陰だと言っても過言ではない。それがあることないこと言われているんだぞ。腹が立たないのか？」

「悪い噂を流されるのは今に始まったことではありませんので、気にしていません」

淡々とした口調でノアが答える。

「悪評の元はユルゲンか？」

ユルゲン・ノームも二人と同じ魔導士学校の同期で、ノアとともに魔塔に勤務している。

魔塔は国の唯一の王立魔導研究機関であり、エリートの集団組織だ。

ノアは若くして成功しているため、やっかみも多く、彼の足を引っ張ろうとする輩《やから》も後を絶たない。

特にユルゲン・ノームは学生のころから、ノアをライバル視していた。

だが、魔術でも魔法でも天才肌のノアには遠く及ばず、魔導学園時代から首席はノア、次席はエドモンド、ユルゲンは常に三番手以下に甘んじ、年々席次を落としていった。

現在魔塔でもユルゲンの上には、常にノアがいる。それが気に入らないのだ。こざかしい真似をして、何かというとノアの足を引っ張ろうと画策している。

「そのようですね。しかし、それよりも私は王都の雑音に閉口しております」

ノアは魔導研究の功労から、半年ほど前に叙勲して多額の報奨金をもらった。

その直後から、醜い変人天才魔導士のもとに多くの釣書が送り付けられてくるようになった。

最近では、シュタイン家のタウンハウスに年頃の令嬢を連れた貴族が押しかけてくる始末だ。それをすげなく断るせいで、巷でもあることないこと噂され始めている。

「だから、家格が釣りあって魔力の高い娘と、さっさと縁を結んでしまえばよいものを」

エドモンドは常々そう言っているのだが、ノアはいわゆる研究馬鹿で、魔導以外には興味を示さない。

「殿下。そういうわけで、ここでは落ち着いて研究に集中できないので、私は公爵領に帰ります」

ノアの突然の宣言に、エドモンドが驚きに目を見開いた。

「お前、まさか魔塔を辞めて、辺境にこもるつもりか?」

エドモンドはソファからガタリと立ち上がり、テーブルに手をついた。カップに注がれた熱い紅茶が揺れる。

「辞めるつもりはありません。ただ研究拠点を移すだけです」

ノアは落ち着いた口調でなんでもないことのように話す。

「王都から公爵領まで、片道でひと月はかかるぞ。有事にはどうするつもりだ」

学生のころから変わらぬマイペースなノアに、エドモンドは頭を抱えたくなった。

ノアは若いながらも魔塔の筆頭魔導士だ。彼が魔塔から遠ざかったら、国にとっては大変な損失である。

特に魔塔の運営はエドモンドがけん引し、ノアとともに成功を収めてきた。その彼に今魔塔から去られては困るのだ。

「王家から報奨金をもらってからというもの、娘を連れた貴族が家まで押しかけてきて、落ち着いて研究もできません。もちろん、報奨金をいただいたことには感謝しております。ということで魔塔と領を行き来する魔法陣による転移装置を作りました。有事の際には飛んでまいりますので、ご安心を」

淡々とノアが語るとんでもない内容にエドモンドは驚愕した。

「何？　魔法陣による長距離の移動も可能になったということか?」

エドモンドの問いに、ノアが軽く首を傾げる。

「可能なのは魔力量の多い者のみです。それに細かな制御も必要になります。私は一度に二、三人は運べると思いますが、それでも使用は一日に二度が限界です。魔力の枯渇を防ぐため、その後、数日、魔法陣は使えなくなります。しかし、魔導の研究に支障はありません」

彼は、きっぱりと言い切った。そこまで言うなら、とエドモンドは半ばあきらめたように息をつく。

「お前が王都でゆっくり研究ができないというのなら、仕方あるまい。なんなら、私が乗り出して、魔塔でのお前の反対勢力をつぶしてやろうか。研究の邪魔をされているのだろう？　それがなくなるだけでも働きやすくなる」

エドモンドが半ば本気で言うのを聞いて、ノアが苦笑する。

「お気持ちはありがたいですが、一筋縄でいく奴らではありません。誰かスケープゴートを出してそれで終わりでしょう。私は研究のためにと必要とあらば、いつでも魔塔の自分の研究室に出勤します。今まで蓄積してきた膨大な研究データも希少な素材もありますから」

ノアの言葉を受け、エドモンドが深くため息をつく。ノアは希少なアイテムを、魔塔の自分の研究室の棚に厳重に保管している。だから必ず帰ってくることはわかっているが……。

「わかった。しかし、あまりに働きにくいようなら言ってくれ。それから、ノア、本当に誰とも結婚しないつもりか？　このままでは名門公爵家の血が途絶えるぞ」

彼の一族は魔力量が並外れて多く、代々優秀な魔導研究者を輩出している。

「別に家督など、遠縁の親戚にでも譲ればいいでしょう」

ノアは興味なさそうにさらりと言う。

「お前の遠縁は商人をやっているではないか。だいたい彼らでは圧倒的に魔力量が足りないだろうし、研究者の資質もない。魔力持ちの娘と結婚して血筋を残せ」

エドモンドは真剣な表情で、ノアを説得しようとする。

「王都の屋敷にいて金に目がくらんだ貴族女性やその家族に追いかけられるのはごめんです。それに彼女たちは、そろいもそろって私の顔を見た瞬間悲鳴を上げて逃げ出すか、気絶してしまいます。そのうえ縁談を断れば、悪い噂をばらまかれるし。まったく、いい迷惑です。申し訳ありませんが、結婚する気はありません。まあ、私と本心から結婚したがるような女性もいないでしょう」

心底どうでもいいというような口調でノアが言う。

「いったん領地に戻り気分転換するのもいいかもしれない。そうだな、お前の話を了承する代わりに、今夜は私に付き合ってくれないか?」

エドモンドはいいことを思いついたようににやりと笑う。

「は?」

ノアは気乗りしない様子だ。

「たまには気晴らしもいいだろう?」

彼にもよい出会いがあってもいいはずだと、エドモンドは思っていた。

その数日後、ノアが魔塔を去ったという噂が、まことしやかにささやかれるようになった。

第二章　ハウゼン家のフィーネ

「お父様。私、また夜会に招待されたの。今度は侯爵家の令息よ。だからマダム・フランシルの店のドレスが欲しいの！」

ハウゼン伯爵家の家族そろっての晩餐で、十九歳になる長女ミュゲのおねだりが始まった。マダム・フランシルは王都一のデザイナーで、彼女の作るドレスはどれも美しく斬新で流行の最先端だ。だがそのぶんかなり値が張る。

いつもはミュゲに甘い父ドノバンが珍しく困ったような顔をする。

「ミュゲ、買ってやりたいが、あのデザイナーのドレスはそれこそ一着で小さな屋敷くらい買えそうなほど高い。それに前回の夜会でも、その前の茶会でもドレスを誂えたばかりではないか」

「そうよ。ミュゲ、あなたはドレスをたくさん持っているのだから、少しデザインを変えれば着まわせるでしょう？」

母デイジーが窘めると、ミュゲが眉根を寄せる。

「ハウゼン家の長女である私が、一度着たドレスに二度も袖を通すわけにはいきませんわ」

「お姉様、ずるいです。いつもご自分ばかり新しいドレスを誂えて。お父様、今度は私のドレスを作ってください。お友達のお茶会にお呼ばれしているんです」

マギーもミュゲに負けじとドノバンにおねだりし始める。ハウゼン家の三女である彼女は末っ子で十四歳。来年、社交界デビューを控えている。

ドノバンは困ったように眉尻を下げつつも、嬉しそうな表情だ。姉妹はよく似ていて、ハウゼン家特有の赤毛とハシバミ色の瞳を持っている。

次女で十八歳になるフィーネは、同じ食卓につきながらもドレスのことで言い合いをする姉妹をうらやましそうな目で見た。

（夜会や、お茶会ってそんなに楽しいものなのかしら……。私は一度も参加したことがないからわからないけれど）

ミュゲやマギーは茶会や夜会のたびに着飾り、楽しげに馬車に乗って出かけていく。それに引き換え、社交をさせてもらえないフィーネには友達と呼べる者すらいないので、招待状の一つもとどかない。

フィーネが誰からも話しかけられることなく黙々と同じ食卓で食事をしている間も、ミュゲとマギーは夜会や茶会に着ていくドレスの話で言い合いを始め、それを母のデイジーが困り顔で窘めている。

幸せそうな家族団らんを目の前にして疎外感を覚えながら、フィーネはその日も味気のない食事を終えた。


ハウゼン家の人間は皆美しい赤毛にハシバミ色の瞳を持っている。その特徴は、ハウゼン家の赤と呼ばれるほど有名で、一族は代々赤毛で魔力持ちなのだ。父の親戚筋であるデイジーも同じ色合いで、フィーネだけが、白金《プラチナブロンド》に翠玉の瞳をしている。そのせいでおかしな噂を立てられ、父も母も幼いころから彼女を隠したがった。

だからフィーネは社交界を知らない。

そのうえ、この国の高位貴族は、そのほとんどが魔力持ちであるにもかかわらず、家族の中でフィーネだけが魔力を持たない『魔力なし』の子供だ。ミュゲや長兄のロルフには『ハウゼン家の恥』と呼ばれ、フィーネはハウゼン家の隠された娘となった。


そんなある日、フィーネは食後のお茶もそこそこに、いつもより興奮気味のドノバンに執務室に呼ばれた。そいう時の父はたいていろくでもない儲け話に乗せられていることが多い。フィーネは嫌な予感がした。

「フィーネ、この投資をどう思う?」

フィーネが執務室に入ると、さっそく父に分厚い書類を渡された。一通り目を通すだけでも時間がかかりそうな投資計画書と契約書にフィーネは早くもうんざりする。

そのうえ、よくよく目を通してみれば契約書には、わざととしか思えないくらい難しい表現が多用されていた。

「お父様、こういう契約書を持ってくる商会は十中八九詐欺だと、私はお祖母様《ばあ》から教わりました」

お祖母様とはドノバンの母のローズのことだ。数字に明るくあらゆる面で頼りになる祖母だったが、四年前に他界している。

「確かに母は数字には強かったし、領で細々と石鹸を売って収益を得ていた。だが、それでは今後

ハウゼン家の発展は見込めない。だから、石鹸の製造販売事業を売ろうと思う」

「そんなことはありません。お祖母様は、王都での販路も見つけ、貴族用に高値で売るために石鹸に色や香りを付けるなど、いろいろと工夫なさっていました。現に収益も少しずつ上がってきています。今この事業を売るのは損です」

実は色付けと香り付けはフィーネの案だった。ローズは彼女のアイデアを否定することなく採用してくれたのだ。そのお陰で王都での販路が開いた。幸い貴族にもハウゼン家の石鹸は評判もよく売り上げは順調に右肩上がりだ。それなのに、父は目先のうまい話に飛びつこうとしている。

フィーネはこれから父の説得をしなければならないのかと思うと、少し憂鬱になった。

そんなおり、フィーネはまだ祖母が生きていたころのことを思い出す。

当時は小さいながらもハウゼン家は領地を持っていて、領地経営はローズが一人でやっていた。

フィーネはマギーが生まれる少し前から、領地に住むローズのもとに預けられていた。表向きは、デイジーの妊娠出産を気遣ってのことだが、実際に預けられたのはフィーネだけでミュゲは屋敷に残っていたし、その後も何かにつけ祖母のもとへ送られた。

フィーネはそこでローズから、帳簿の見方や商売の手ほどきを受け、果ては淑女教育などを学ばせてもらったのだ。

そして、体の弱いマギーの具合が悪くなると、フィーネは看病のために王都のタウンハウスに呼び戻されるという日々を過ごしていた。

そのことで、ローズはたびたびドノバンにフィーネがかわいそうだと、苦言を呈していたようだ。

逆に、ローズはフィーネばかりをかわいがると、ドノバンが怒っていたことを覚えている。

だが四年前、祖母が亡くなると、すぐにドノバンは狭い領地を売り払い、その資金をもとに投資を始めて、失敗した。ハウゼン家にとっては大損害である。それなのに、ドノバンはまた新しい投資話に手を出そうとしていた。

ドノバンは、今は亡き祖母とフィーネが支えて発展させてきた石鹸製造販売の事業を安値で売り飛ばし、博打のような投資に走ろうとしているのだ。なんとしても止めなければとフィーネは思った。

「この鉱山が当たれば、魔石が出るのだぞ？　魔石は魔導には欠かせない。魔塔が高く買ってくれることだろう。そうすれば、我が家は莫大な利益を得ることができる」

ドノバンはこの話を持ってきた山師の口車にすっかり乗せられてしまったようだ。

「お父様、そんなうまい話があるわけがないです。それに魔石がそのような南の土地で出るなど聞いたことがありませんし、魔石はクオリティにより値段もだいぶ変わってくるそうです」

フィーネは執務室に広げられた地図で、場所を指し示す。

「どうせ、その知識も石鹸商人の話を小耳に挟んだだけだろう。石鹸屋になにがわかる。だいたい魔力なしのお前に魔石の重要さが理解できているのか？」

そう言われてしまうと、魔力なしのフィーネは弱い。


ティリエ王国は魔導超大国である。

魔導技術が大陸一進歩しているおかげで、どの国からも戦争を仕掛けられることがなく、また他国はこぞってティリエ王国と交流を持ちたがる。

なかでも王立魔導学園は名門で、時々他国の優秀な人材が留学してくることもあった。そんな国にあって、水晶でも魔石でも魔導具でもなく、石鹸を売っていることを恥ずかしいとドノバンは主張する。

ようは代々魔力持ちで古い貴族の家系なのに、石鹸の製造販売業で生計を立てていることが嫌なのだ。確かに石鹸は魔石や宝石などと違い安価なものである。だが、生活必需品であり、収益が安定している事業だということを父は理解していない。これはローズが存命の間も、ドノバンに再三言い聞かせていた。

だが、ドノバンにしてみれば、魔塔と取引ができるのは大変栄誉なことで、ましてや良質な魔石を売り込むことができれば、ハウゼン家は人々の尊敬を集め、何代にもわたり裕福な生活が送れると考えている。

フィーネとてドノバンが目の色を変えるのもわかるのだが、その分巷ではこの手の詐欺が横行していて危険なのだ。

それに今ドノバンが馬鹿にしている石鹸の売り上げが、ハウゼン家の家計の要になっている。この詐欺に引っ掛かれば、領地のないハウゼン家の収入は途絶え、没落を免れないだろう。フィーネはなんとしても父を止めねばならない。

「お父様、確かに私は魔力なしです。しかし、この投資だけは絶対にダメです。それにせっかくお祖母様が残してくださったハウゼン家の事業を、売り渡してまで投資をなさるのはいかがなものかと思います」

フィーネは魔力なしと言われた悔しさを飲み込んで、ドノバンを説得しようと試みる。この父は収益の出ていた小さな領地まで、祖母が亡くなった途端勝手に売り飛ばしてしまったのだ。ローズと暮らした懐かしいカントリーハウスを思い出すと悲しくなる。

しかし、ドノバンはテコでも動かないフィーネにため息をついた。

「フィーネ、お前の頑固さには辟易とするよ。そういうところは祖母譲りだ。長く預けすぎたせいか、よくないところが似てしまった」

落胆したように父が言う。大好きなローズを貶されたような気がしてフィーネはカチンときた。

「しかし、お父様は、銀山も水晶発掘も失敗なさったではないですか？」

フィーネの言葉にドノバンは苦り切った顔をする。

「あの時はたまたま運がなかっただけだ。他家も投資に打って出ている。今が勝負時だろう。それにうちは嫡男のロルフが留学しているし、ミュゲのドレスも買ってやらなければならない。これからデビューを控えているマギーのドレスも宝飾品も必要だ。家で私を手伝っているだけで、社交も世間も知らないお前に何がわかる」

ドレスの一つも誂えてもらったことのないフィーネは、ぎゅっと唇をかむ。少なくともドノバンよりは帳簿を読めているつもりだ。

「私が、こうしてお父様の手伝いをしているのは、この家に秘書を雇うお金がないからです。その原因はお父様が領地を売り払ったうえ、投資に失敗してしまったからではないですか」

フィーネの言葉は真実で、ドノバンは顔を真っ赤にした。祖母が選んだ優秀な秘書の言うことを聞くどころか、祖母が亡くなった途端馘にしてしまい、領地を売り払い、無謀な投資に走ったのはほかならぬドノバンなのだ。

「お前のような小娘に投資や商売の何がわかる！」

そう言ってドノバンはフィーネに背を向ける。拒絶の気持ちがひしひしと伝わってくる。

父がこうなってしまうと話し合いは、もう無理だ。フィーネは今日のところは引くしかない。

またやってしまったとフィーネは思った。

（相手にしてほしいことがあったら、相手が受け入れやすいような伝え方をしなくてはだめだとわかっているのに、また遠慮のない言い方をしてしまったわ）

しかし、この投資を認めるわけにはいかない。なんといえば、父に上手く伝わるのだろうかと、フィーネは悩みつつも試行錯誤して活路をみいだそうとしていた。


日々、そんなドノバンとの攻防が続く中、フィーネは徐々に体調を崩していった。

最初は軽いだるさを感じるくらいだった。そこからだんだんと朝、ベッドから起き上がるのも億劫になってきた。

気鬱のせいかと思っていたが、微熱も続いている。食欲も落ち、体調の悪さから、集中力に欠け、帳簿の数字を追うこともつらくなる。

ドノバンはフィーネの説得のかいがあったのか、最近投資の話をしなくなったので、ほっとしていたが、逆にフィーネの健康はゆっくりと損なわれていった。

そして、残念なことにドノバンはローズが言っていたように、あまり数字や契約書の類いは得意ではないようで、フィーネがいないと書類仕事も滞りがちだった。彼女が体調を崩して休むと大事な書類をため込んでしまう。

フィーネは父の補佐をするため、無理をして起き上がる日々が続いた。それを見かねた執事のヘンリーが少しずつ仕事を手伝うようになっていった。

そんなある日、フィーネはとうとう倒れた。しかし、家族は誰も彼女に関心を示さない。フィーネがどれほど骨を折って家族のために仕事をしても、魔力なしで両親に似ていない彼女は、家族から正しく評価されることはなかったのだ。

その後、フィーネは徐々に寝込みがちになっていく。


どうにも体が重くて、最近では湿っぽい咳が出る。

フィーネが部屋で休んでいると、困り顔でヘンリーが彼女の部屋に訪れた。

「お嬢様、実は書類がたまっておりまして。旦那様の手には少々あまるようです。私では判断しかねるものも多くて……」

ドノバンがフィーネの部屋に様子を見に来ることはない。きっと彼女が投資に反対したことで、へそをまげているのだろう。そして、母デイジーはミュゲとマギーの世話と社交に忙しく、フィーネに無関心だ。

屋敷であてがわれたフィーネの部屋は、ほかの兄姉妹《きょうだい》よりも狭く粗末な部屋で、食堂からも執務室からも遠く離れていて不便だった。

「ええ、すぐに支度します」

今ではヘンリーがフィーネの代わりを務め、さらにフィーネの様子まで見に来てくれている。

「お嬢様、医者に掛かってはいかがでしょう。お食事もあまり召し上がっていないようで心配です。

お嬢様が倒れられたらこの家はどうなってしまうのでしょうか？」

まだ経験が浅く若い執事の顔には、疲労と不安がありありと浮かんでいる。

フィーネも父や母に医者に掛かりたいと言ったのだが、軽い風邪だの、親の注意をひきたいだけだの、仕事をさぼりたい口実だのと言われ、相手にされなかった。

「そうね。そのうち……」

フィーネがこうして休んでいるうちにも重要な書類はどんどんたまっていく。

彼女がふらりと立ち上がると、ヘンリーが気を利かせてメイドを呼んで手伝わせた。今まで何もかも全部一人でできたのに、最近ではそれすらおぼつかなくなってきた。

それでも何とかフィーネは身支度を整え、古い鏡台の前で髪をくしけずっているとまた湿った咳がではじめる。ハンカチで口元を拭うと血が付いていた。

きっとこれはただ事ではないのだろう。フィーネは恐怖を覚えた。

彼女はメイドが持ってきてくれた水差しからグラスに水を注ぎ、口を潤す。こうするとたいてい咳がおさまる。もしかしたら、自分はもう長くないのかもしれない。そんな嫌な予感にフィーネは一人怯えていた。

フィーネが疲れた体にむち打ち、気力を奮い立たせて立ち上がると、部屋のドアがバタンと開いた。姉のミュゲがノックもせずに入って来たのだ。

「お姉様、いつもノックをしてくださいと――」

フィーネの言葉はいつものように遮られる。

「ねえ、フィーネ、頼みがあるのだけれど」

ミュゲは頼み事がある時だけ、妹に話しかける。それ以外はいない者のように扱う。

「何でしょう？　いまからお父様のお仕事のお手伝いをしなければならないのだけれど」

いつも茶会や夜会に飛び回っていると姉と違い、フィーネは家の手伝いで忙しいのだ。

「ああ、あなたは魔力なしだから、仕方ないわよ。良縁に恵まれることもないでしょうし、それぐらい家のためにしないとね」

さらりと言うミュゲの声音には棘が潜み、侮蔑がまじっている。彼女は魔力なしの妹がいることを恥ずかしく思っているのだ。

「それで、何？」

手短に済ませたかった。

「私これから、デートなの」

「はい？」

だから何だというのだろう。ミュゲに貸す服など持っていないので、フィーネは訝しく思い首を傾げた。

「でね、今夜の舞踏会とぶつかってしまったのよ。あなたが代わりに舞踏会の方に出てくれない？まだ十四歳のマギーに頼むわけにもいかないでしょ」

「そんな……、私は舞踏会に着ていくようなドレスは持っていませんし、お姉様の代わりに出るなんて無理です。それに私は今からお父様のお手伝いがあるの」

フィーネは断った。

ミュゲは殿方に人気があるようで、フィーネが代わりに行ったりしたら皆残念に思うだろう。姉妹はまったく似ていないのだから。

「あら、大丈夫よ、今日は仮面舞踏会なの」

「仮面舞踏会？」

　フィーネは嫌な予感がした。

「そうよ。あなた舞踏会は初めてでしょ？　いい経験じゃない。私のドレスと仮面、それから、かつらも貸してあげる」

　ミュゲは恩着せがましく言う。

「無理です。私は、踊れません」

　フィーネはしり込みした。

「あら、ダンスのレッスンだけは一人前に受けていたじゃない。その成果を披露するチャンスよ？　あなたの場合、もうこんな機会はないかもしれないわ。今日は特別に私の専属のメイドを貸してあげるから、さっさと支度しなさい」

　確かにダンスのレッスンは受けたが、ミュゲのおまけとして少し教わっただけで踊れる曲も少なく、今は体調的にもたくさん踊るのは難しい。

　しかしフィーネが嫌だと言っても聞くような姉ではなかった。

　結局ミュゲのために誂えられたサイズの大きいドレスを着せられ、姉の色である赤毛のかつらをかぶり、仮面をつけて出席することになってしまった。

　家の手伝いをしろと言っていたドノバンも、二つ返事でミュゲの願いを了承したのだ。ドノバンは魔力持ちで美しいミュゲには甘く、たいていのわがままは聞き届ける。フィーネの話など聞いてくれたためしがない。

「お嬢様、お気をつけていってらっしゃいませ。書類の方はなんとか私がお手伝いします」

ミュゲとドノバンの命令でフィーネが出かけると知って、ポーチまで来たヘンリーは肩を落とし悄然としている。

祖母のローズは、時には使用人たちと食卓を共にすることもあったのに、王都の家族は使用人に対して高圧的だ。さぞ働きにくいことだろう。そのせいか入れ替わりも激しい。

フィーネはヘンリーに見送られ、ハウゼン家の馬車に乗って出発した。

馬車の車窓から暮れなずむ街を憂鬱な気分で眺め、姉の願いを断れない自分の立場の弱さにため息をついた。

父はプライドが高く、執事の言うことを聞くような人ではない。ヘンリーでは肩の荷が重いだろう。この間、ふと辞めたいと漏らしていた。ハウゼン家は祖母が他界してから財政も傾き、徐々におかしくなってきている。フィーネは漠然とした不安を抱いていた。


舞踏会の会場は王都でも有数の富豪の邸宅だ。馬車がポーチに付けられると、舞踏会だというのにフィーネは誰のエスコートもなく一人、馬車から降りる。ふと見上げた空には夜のとばりがおり、赤みを帯びた大きな月が浮かんでいた。

エントランスまで進み、フィーネはどきどきしながらミュゲ宛の招待状を渡した。目元を隠す仮面をつけているせいか、ばれずに入場できてフィーネはほっと胸をなでおろす。

鏡のように磨き上げられた大理石の廊下を歩き、大きな両開きの扉の向こうにある会場に一歩足を踏み入ると、きらびやかなクリスタルのシャンデリアの下で、楽しげに踊っている大勢の男女の姿が目に飛び込んできた。

フィーネは豪奢で賑やかな雰囲気にのまれ、しばし呆然と佇む。すると背後から「その髪色はミュゲかな？」と、男性の声がして飛び上がった。話せば、すぐにばれてしまうだろう。フィーネは慌てて逃げ出した。

シャンデリアの光があまり届かない壁際に移動して、少し落ち着きを取り戻す。

（だから、嫌だったのに……。どのみち私が踊ることなんてないわ）

今は悔しさや悲しさより、ミュゲではないとばれるのが怖くて、化粧室に行って赤毛のかつらを取ってしまおうかと考えていた。

社交にも出してもらえないハウゼン家の魔力なしの次女だとわかれば、声をかけてきた者たちは、がっかりするだろう。そのうえ、ミュゲの扮装をしているせいで、さげすみの言葉を吐かれるかもしれない。

フィーネが会場の隅で沈んでいると、突然声をかけられた。

「お嬢様、一曲、踊っていただけませんか？」

フィーネは慌てて視線を上げる。

これほど目立たない暗がりにいたのに、誘われると思っていなかったので、びっくりした。

「あの、私は……」

フィーネは焦りを感じたが、思うように言葉が出ない。

「こういう場は慣れていないのですね？　私も同じです。しかし、連れがどうしても誰かと一曲踊れとうるさいので……。無理強いはしませんが」

困ったように、顔全体を覆う銀色の仮面をつけた男が言う。

凝った刺繍を施された上等な黒のジュストコールに、シルクのクラバットを身に着けた彼は、所作も美しく、いかにも育ちがよさそうに見えた。

「私、ダンスは慣れていなくて。あなたの足を踏んでしまうかもしれませんよ？　それでもよろしければ」

気後れしながらも、フィーネはありのままを伝えた。

「はい、ぜひ」

意外にも男性は快諾した。

おりしもフィーネが唯一自信のあるワルツが奏でられていた。

「どうか、隅の方で目立たないようにお願いします」

フィーネはそう言って、差し出された男性の手を取った。

「望むところです」

どちらからともなく笑い出す。おかしなところで意気投合してしまった。ふと笑うのは久しぶりだとフィーネは思い出す。

二人は舞踏場の片隅で、ひっそりとワルツを一曲踊った。曲が終わると彼は優雅に一礼して会場の雑踏へ消えていく。

仮面の男性は慣れていないと言っていたが、リードがとても上手かったように思う。

フィーネは壁際に戻り、給仕から果実水を受け取り、喉を潤し一息ついた。

「さて、いつ帰ろうかしら……」

華やかな場所は苦手だ。フィーネは、めまいがして壁にもたれかかる。だが、気分は一向によくならないどころか、再び咳が出始めた。ハンカチで口元を押さえると血が付いている。

これはまずい状況だ。こんなところで倒れるわけにはいかない。

フィーネは会場の人混みを抜け、テラスから庭園へとふらふらと出る。噴水のへりに腰かけると少し楽になったので、彼女はここでしばらく休んでから帰ることにした。

「はあ、仮面舞踏会だなんて。お姉様はどうしてこのような騒々しいものがお好きなのでしょう。早く帰りたい」

血で赤く染まったハンカチを、フィーナは不安な面持ちでながめる。

(なにか、悪い病気なのかしら?)

きらびやかに明かりのともる舞踏会場では宴もたけなわで、男女の笑いさざめく声や、明るいダンス曲が流れてきた。

薄暗い魔法灯がさす噴水のへりに、一人ぽつんと座っていると、取り残されたような寂しさを覚える。フィーネはみじめな気持ちになった。

その時、後ろの茂みがガサリとなる。何事かとフィーネが振り返ると、二人組の男が立っていた。かろうじて礼装ではあるが着崩していて、だらしない印象。

「やあ、こんなところで一人で何をしているんだい?」

羽根飾りのついた仮面の男がなれなれしく声をかけてきた。

「いいえ、別に。もう帰るところです」

フィーネは彼らに警戒心を抱き、まだ少し具合が悪かったが、無理をして立ち上がる。

「ねえ、ここで俺たちと遊ばない？」

もう一人の白い仮面の男も声をかけてくる、息が酒臭い。二人とも酔っ払っているのだ。逃げようとしたその時、羽根飾りをつけた男がいきなり距離をつめ、フィーネの腕をつかむ。

「離してください！」

振り払おうとするが、がっちりつかまれていて振りほどけない。フィーネは恐怖を感じた。

「いいじゃないか、少しくらい」

「せっかくの夜だ。一緒に羽目をはずしたっていいだろう？　どうせ仮面で誰だかわからないのだし」

男はフィーネの体を引き寄せようとする。フィーネは手を突っぱり、必死に男を拒んだ。

「おい、嫌がっているだろ。離してやれ」

明るい会場の方角から、一人の男がやって来た。銀色の仮面、先ほど、ダンスを踊った紳士だ。

「なんだ、お前は？」

「俺たちが先に声をかけたんだ」

男たちが気色ばむ。

「どうやらここには招待客だけではなく、ごろつきも混じっていたようだな。だから、こういうおふざけの舞踏会は嫌いなんだ」

吐き捨てるように言った。

「何だと」

かっとなった男たちが殴り掛かろうと、銀の仮面の男に迫る。

だが、その直前で二人の男たちは派手に吹き飛ばされ、したたかに地面にたたきつけられ、二人そろって地面を転がっていく。

フィーネは一瞬何が起こったのかわからなかった。

「もしかして、風魔法？」

これほど強力な魔法を目の当たりにしたのは初めてで、フィーネは目を見張る。

「お嬢さん、大丈夫か？」

銀の仮面の男は、先ほどより砕けた口調で話しかけてきた。こちらが彼の素なのかもしれない。

「は、はい、ありがとうございます。私、もう帰りますので」

フィーネは絡まれた恐ろしさもあり、震えが止まらなかった。

「ああ、その方がいいだろう。ポーチまで送る。家の馬車が待っているのだろう？」

「いえ、あの大丈夫です」

「いいから、ついておいで。酔客も多くて一人では危険だ」

そう言ってフィーネを先導してくれる。

フィーネがふらつくと、怖がらせないように気遣ってか遠慮がちに手を差し出してくれる。親切な人のようで、フィーネの気持ちは少し落ち着いてきた。

彼はフィーネをハウゼン家の馬車の前まで送ると、すぐに踵《きびす》を返し再び会場へ戻っていった。

馬車が走り出すと、フィーネはほっとする。それと同時に彼の名前を聞き忘れたことを思い出した。

彼はいったい誰なのだろう。

互いに素性も知れない舞踏会で、助けてくれた紳士が少し気になった。

「悪い人もいれば、いい人もいるものね……。でも舞踏会はもうこりごり」

馬車に揺られながら、フィーネは一人呟いた。


仮面舞踏会に行った晩から、フィーネの体調は急激に悪化し、熱と吐き気が続き、ベッドから起き上がれなくなる日が多くなっていく。そんなフィーネのために、ヘンリーがフィーネの世話をするメイドを幾人か選んでくれた。彼女たちは交替でフィーネの看護をするようになった。

そんなある日、フィーネの部屋にいつものようにヘンリーが様子を見にやって来た。彼は使用人を取り仕切るばかりではなく、フィーネの代わりに父の手伝いまでさせられ、疲弊しきっている。

このところ、睡眠不足もたたってか、フィーネに負けず劣らず顔色も悪く、やつれていた。今にも倒れてしまいそうな様子だ。

「お嬢様、申し訳ありません。私はもう限界です。この度お暇をいただくことになりました」

ショックだったが、彼の労働状況を考えれば、やむを得ないだろう。残念ながらフィーネには、彼を守るだけの力がない。それがとても悔しかった。

「お父様はなんて?」

「たいそうご立腹で、紹介状もいただけませんでした」

ヘンリーが力なく答える。

「まあ、それではどこの家でも雇ってもらえないではないですか」

フィーネが心配そうにヘンリーを見る。

「いえ、私は故郷に帰ろうかと思います」

彼は肩を落とし、首を振る。

「そう。今までありがとうございます。では私が、お父様の代筆で紹介状を書かせていただきます」

「お嬢様……、本当に申し訳ありません」

ヘンリーは目に涙を浮かべ、深々と頭を下げる。フィーネは彼をねぎらった後、ふみ机に座り、さらさらと紹介状を書き始めた。

「今までご苦労様でした」

そう言って、ヘンリーに紹介状を手渡す。

「お嬢様こそ、お体、お大事になさってください。ぜひとも医者に診てもらってください。お力になれなくて本当に申し訳ございません」

ヘンリーは何度もフィーネに頭を下げた。皮肉にもこの家で一番フィーネに寄り添ってくれたのは、家族ではなく使用人の彼だった。ヘンリーがいなくなるのは正直心細いが、過重労働のうえ給金もろくに支払えないこの家にいつまでも引き留めるわけにはいかない。彼にも生活があるのだから。

「ヘンリー、今までありがとう。私に力がなくてごめんなさい」

フィーネは去っていく彼を見送った。

祖母が亡くなり、ドノバンが秘書を馘にしてから、上級使用人がどんどんやめていく。今では古参の上級使用人もいなくなり、残っているのは下女や下男ばかりで、フィーネはハウゼン家の将来が心配でたまらなかった。

ヘンリーがいなくてはどうにもならないので、フィーネは再び弱る体に鞭打って父の仕事を手伝い始める。

だが、それもつかの間、症状は進んでいき、再び起き上がれなくなった。

ひどく胸が苦しくて眠れない夜もあれば、泥のような深い眠りに引きずり込まれ、このまま目覚めないのではと恐怖を感じることもある。

そんな不安な日々を過ごす中で、フィーネは幸せだったころの夢を見た。

ローズがまだ健在で、フィーネがカントリーハウスに預けられていた七歳ごろの記憶。

屋敷の使用人はローズの意思で、庭師に執事、メイドが三人ほどの最少人数だった。贅沢をすることはなかったが、皆でのんびりと静かに暮らしていた。

ローズは貴族女性には珍しく、スフレにパンケーキ、クッキーなど菓子を作ることが趣味で、フィーネもそばで見ているうちに覚え、やがて彼女と一緒に作るようになる。

ローズと一緒に笑顔で味わったふわふわのスフレもパンケーキも、たくさん話をしながら食べたバターの風味が豊かなサクサクのクッキーも大切な思い出だ。

領地経営は王都のタウンハウスに住む父ではなく、カントリーハウスに住む祖母がすべて担っていた。

フィーネは祖母が大好きで、いつも働き者の彼女の後をついて回る。

「お祖母様、私には魔力がないけれど、少しでも皆の役に立ちたいの。だから私もお祖母様のお手伝いがしたいわ」

このころのフィーネには、頑張ったら王都の家族にいつかは認められるはずという淡い期待があった。

「そう、なら、帳簿の見方から覚えてみる?」

そんなきっかけから、フィーネは勉強することになった。少しずつ教わってやってみると、収支を合わせるのが面白くて、几帳面なフィーネの性に合っていたようだ。

祖母は感心したようにフィーネを手放しで褒め、優しく頭をなでてくれた。祖母の温かくて優しい手の感触が心地よい。フィーネはこれまで両親から頭をなでられた覚えもなく、抱きしめられたこともなかった。

「フィーネは優しくて、とても頭のいい子ね。あなたのお父様はあまり数字に強くないから、支えてあげてね。でもね、一番大切なのは、あなたが幸せになることよ」

祖母は優しい笑みを浮かべながらも、真剣な目をしてフィーネを見る。

「私が幸せに?」

まだ幼いフィーネに「幸せ」という言葉は、帳簿に躍る数字より難しく感じた。考えた末、フィーネは答える。

「私は、こうしてお祖母様のもとにいるのが、一番楽しくて、安心で、幸せだわ」

ここにいれば、ミュゲやロルフにいじめられることもない。

祖母は一瞬ハシバミ色の瞳を揺らし、ふわりと温かい笑みを浮かべた。それなのに、なぜかフィーネにはローズが悲しんでいるように感じられた。

「そう、偶然ね。私もフィーネがここにいてくれることが、一番嬉しいわ。私はフィーネが大好きよ」

ローズが陽だまりのような笑みを浮かべたのを見て、フィーネは安心した。ローズは兄や姉のようにフィーネに意地悪はしないし、父や母のように無関心でもない。いつもきちんとフィーネに向き合ってくれて、「大好き」と言ってくれる。

「うん、私もお祖母様が大好き！」

フィーネはそう言ってぎゅっとローズにしがみついた。祖母からはいつもスフレやパンケーキのような甘い匂いがする。フィーネはその匂いが大好きだ。

「ねえ、フィーネ。もしも理不尽な目にあったならば、我慢してはだめ。それがたとえ家族がした仕打ちであっても。家族は本来、お互いを思いやり支え合いながら生きていくものなの。それがなければ、たとえ血はつながっていても、家族とは言えないわ」

フィーネは不思議な気持ちで祖母の言葉を聞いた。幼心にも、まるでドノバンやデイジーを非難しているように思える。

「私の母、つまりフィーネにとっての曾祖母は、あなたにそっくりな色合いと容貌をしていて、慈悲深くとても美しい人だった」

「でも私に魔力はないの」

しゅんとフィーネが肩を落とす。

「何を言っているの。あなたはハウゼン家一の賢さと美しさを持っているわ」

フィーネは祖母の言葉に目を瞬いた。

「赤毛ではなくても美しいの？　醜くはないの？」

びっくりして大きく目を見開いてフィーネが問うと、ローズはフィーネを抱きしめた。

「可哀そうにフィーネ。そんなこと誰が言ったの？　あなたのプラチナブロンドは一族の誇りよ。エルフ族の血が流れている証拠なのだから」

そう言われてフィーネは一瞬顔を輝かせたが、それもすぐに曇る。

「エルフ族の血を色濃く受け継いだ者は、不思議な魔法を使うとお兄様たちに聞いたわ。私は何もできない。だから私は……」

ミュゲやロルフが、曾祖母は直接精霊に話しかけて従わせることができたと言っていた。

「フィーネ、大丈夫。あなたにもきっと力がある。何より今のあなたには人を幸せにする不思議な力があるわ」

「人を幸せにする力？」

フィーネはキョトンとして祖母の優しいハシバミ色の瞳を見つめる。

「そう、フィーネ、私はあなたがいてくれるだけで幸せなの。そして、あなたが微笑《ほほえ》んでくれたらもっと幸せ。その明るい日差しのような笑顔を忘れないで」

フィーネははにかみながらも嬉しそうに頷いた。


この夢からできることなら、さめたくない。

もうすぐさめそうになる夢に、フィーネは手を伸ばして、縋りつこうとした。

第三章　ハウゼン家の縁談

「お父様、今なんておっしゃいました？」

家長ドノバンの執務室で、ミュゲは信じられないというように大きく目を見開いた。

「お前にはシュタイン公爵のもとへ行ってもらいたい」

再びドノバンが繰り返す。

「嫌です！　お父様も王都での彼の評判はご存じでしょう？　彼の家を訪ねた令嬢が、意識不明で運び出されたり、行方不明になったりと悪い噂が絶えません！」

ミュゲが顔を青ざめさせる。

「いや、それは大袈裟な噂話だ。本当に今回はただの顔合わせだよ。あちらが気に入らなければそれで終わり。お前は帰ってくればいい」

ドノバンはあきれたように、首を振る。

「冗談じゃないわ！　馬車で片道ひと月もかかるような辺境へ、ただの顔合わせで行くなんて馬鹿げています。地位が高くてお金があっても願い下げですわ。私のお友達も噂していました。恐ろしく醜いお顔をしていて、貧民街から人をさらっては人体実験を繰り返していると。今の富はそれで築いたという話です。お父様は、そんな家へ私を送り込むおつもりですか」

ミュゲが怒りに顔を上気させ、ドノバンに言い募る。

「ミュゲ、少し落ち着いたらどうだ。そんなバカなことがあるわけがないだろう。彼は名誉ある魔導士で、王宮から報奨金をたんまりもらっている。それにお前の言うその噂が本当ならば、彼は捕まっているはずだろう？」

ドノバンは娘の話には取り合わず、なだめるように言う。

「それでも嫌です。なぜ、私があんな辺境領へ行かなければならないのですか？　私にはほかにも縁談がありますでしょう」

ミュゲは頑として受け付けなかった。彼女はまだ王都で遊びたかったたし、いくら金があると言っても、醜い男のもとへ行くなど嫌だった。

「投資の失敗で、我が家の財政は傾いてしまってね。選べる立場ではないのだよ。今ではシュタイン閣下との縁談が一縷《いちる》の望みなんだ。気難しい方と聞くが、お前ならばきっと彼に気に入られるはずだ。それに相手は公爵家だぞ」

ドノバンがさもいい話のように言う。

「ご自分の投資の失敗の責任を私に取れと？　この家に娘は三人います。私でなくともよいはずです。なぜ、私が醜い奇人変人魔導士と言われている方のもとへ行かなくてはならないのですか！」

ミュゲはきっぱりとはねつけた。

「しかし、マギーはまだ幼いだろう」

マギーはミュゲの五つ年下だ。

「フィーネがいますでしょう？」

ミュゲが年子の妹の名を出すと、ドノバンが渋面を作り、首を振る。

「あれはだめだ。魔力がないし、今は病に臥せっている。それにシュタイン公爵家は代々偉大な魔導士を輩出している家系だ。魔力なしの娘を嫁がせるわけにはいかない」

他にも理由がある。フィーネが寝込むようになってから、執事が突然やめてしまったので、今この家でドノバンの仕事を手伝うことができるのは、彼女しかいなくなってしまった。新しく人を雇えないハウゼン家からフィーネがいなくなるのは、ドノバンとしても少々困る。

彼女は世間知らずだが、ほかの兄姉妹のように立派な家庭教師をつけたわけでもないのに、ローズ譲りで数字や書類に強い。

ここは、そつなく社交をこなすミュゲに行ってもらうのが一番だと考えていた。

「顔合わせだなんて言って、やっぱり嫁がせるつもりなんじゃない！　それならば、なおさらフィーネを行かせればいいではないですか。だいたい変人閣下は辺境の領に閉じこもっているのでしょ？　それならフィーネを私だと偽ったってわかりゃしないわ」

ミュゲの発言にドノバンは目をむいた。

「何を言っているんだ。お前たちは髪の色も目の色も違うし、嘘がばれたら大変だぞ！　シュタイン家は王族とも縁の深い家系だ。どんなお咎めがあるか」

「ばれっこありませんよ。社交界にも一度もお出にならない変わり者なのですから」

「ミュゲ、公爵閣下は魔導研究が認められ、叙勲されたお方だぞ。言いすぎだ」

ドノバンが窘めると、ミュゲはまなじりを吊り上げた。

「醜く人嫌いな変人魔導士様なのでしょう？　お父様はそんな人のもとに家の犠牲で私を嫁がせるおつもりですか？　役立たずのフィーネでも、マギーでもなく、この私を！」

ミュゲが金切り声で叫ぶと、母のデイジーが何事かと執務室に飛び込んできた。

「ミュゲ、いったいどうしたの？」

心配そうにデイジーがミュゲのそばにやって来た。落ち着かせるようにミュゲの背中をさする。

「お父様が、醜い魔導士のもとへ嫁に行けというの！　絶対嫌よ」

癇癪を爆発させるミュゲを前に、デイジーはばつが悪そうな顔をする。

「それは……。ハウゼン家はいま没落の危機に瀕しているの。だからお願い。ミュゲ、あなただけなのよ。この家で公爵閣下との縁談が上手くいきそうなのは」

ミュゲは理不尽さに表情をゆがめる。

「そんな！　お母様もお父様の味方なの？　なら、マギーにして」

すると両親は口をそろえて反対した。

「マギーはまだ十四歳だぞ」

「そうよ。ミュゲ、あなたも貴族の娘なのだから、結婚は家のためにするものだとわかっているでしょう？　私もそうしてここへ嫁いできたのよ」

デイジーの言葉にミュゲはかっとなる。

「お母様はお父様の親戚筋だし、男爵家から伯爵家に嫁いだのだからいいじゃない！　ひどいわ、娘を醜い変人貴族のもとへ送るなんて。マギーは私のたった五つ下なだけじゃない！　いいわよ。もう、お兄様に相談するから！　明日留学先から帰ってくるのでしょう？」

嫡男で二十一歳になるロルフは、ことのほか妹のミュゲをかわいがっている。

「ロルフが帰ってきたからといって、打開策が見つかるとは思えないが」

また話がこじれそうだと、ドノバンは頭を抱えた。

翌日ロルフが留学先から帰ってきた。

ドノバンから話を聞いたロルフは、案の定ミュゲをシュタイン公爵のもとへ嫁がせることに反対した。二人は幼いころから仲が良いのだ。

結局サロンには、病で臥せっているフィーネ以外の家族が集まり、会議が始まった。

ちなみにフィーネは実家の財政難や縁談について何も知らされていない。ましてや、ドノバンが、フィーネが反対していた投資に金をつぎ込み失敗したことなど知りもせず、彼女は一人病魔に怯えていた。

「フィーネお姉様ではだめなの？」

ミュゲと言い争った末、マギーが出した答えだ。

「だから、フィーネは魔力なしだろう」

ドノバンが困ったように言う。

「私、嫌よ。まだ十四なのに結婚だなんて。それも醜い変人魔導士の元へ。あの人、貧民街で人をさらい人体実験をするのでしょう？」

マギーは恐ろしさに震えている。

「あら、あなた、フィーネと仲が良かったのではなくて。子供のころはよく看病してもらっていたじゃない。少しはフィーネに恩を返そうって気はないの？」

ミュゲが意地悪く言う。

マギーは幼いころは体が弱く、よく熱を出しては寝込んでいたのだ。

「それは小さなころの話よ！　フィーネお姉様は今では部屋にこもりがちだし、社交もろくにできないし、そのうえハウゼン家の人間なのに魔力なしだなんて信じられない」

「薄情ね。あれほどフィーネに懐いていたのに」

ミュゲがマギーを非難するような目で見ると、彼女は顔を真っ赤にして目に涙をためた。

「だから昔の話だって言っているでしょ！　それにフィーネお姉様は、魔力なしだから貴族と結婚なんてできないかもしれないのでしょ。それなら、公爵様と結婚したらいいわ。伯爵家から嫁ぐのだからいい話じゃない。私は悪くない」

そう言うと彼女はわっと泣き出した。

マギーは十一歳ごろまでフィーネにべったり甘えていたが、外の世界を知った今では、魔力なしの次女をロルフやミュゲたちと一緒に馬鹿にしている。

「ミュゲ、いい加減になさい。マギーではまだ幼いわ」

デイジーが間に入ってとりなそうとする。

「だから、私に行けというの？」

ミュゲはデイジーをにらみつけ、兄ロルフの腕をぎゅっとつかむ。

「父上、ここはフィーネに行かせましょう」

ロルフがミュゲを庇う。彼も姉妹と同じく魔力のない次女フィーネを疎ましく思っていた。というのもロルフはこの家の跡継ぎであり、魔力のないフィーネはゆくゆく一家のお荷物になると考えていたからだ。

「しかし、偉大な魔導士を輩出してきたシュタイン公爵家だぞ。魔力なしで、ここのところ病で臥せりがちのフィーネを辺境にやるわけにはいかないだろう？　それに社交の経験もないフィーネに上手く立ち回れるとは思えない」

ドノバンが説得しようとするが、ロルフは引かない。

「ミュゲの言う通り、フィーネをミュゲと偽ればいい。幸い二人は年子なのだし」

「だが、ばれたら、大変なことになるぞ。それに髪の色も瞳の色もまったく違うではないか！」

「しかし、彼は魔塔を去り、王都にはいません。もとより研究馬鹿で社交などしないという噂ではないですか。入れ替わったところで気づきませんよ」

ロルフが鼻で笑う。父母は顔を見合わせた。確かに彼は社交の場に出てこない。

叙勲の時ですら、シュタイン公爵は仮面をつけていたという。なんでもひどく醜い顔をしているという理由で国王の御前でも仮面の装着を許されているということだ。

「確かに、彼が社交の場に出てきたことはないな。仕方がない。フィーネに頼むか」

三人の子供たちに拒絶され、ドノバンがとうとう折れ、デイジーはため息をついた。

「そう、仕方がないわね。そういえば、明日フィーネの付き添いで医者に行くことになっているから、公爵領までひと月の長旅に耐えられるか聞いてみるわ」

気が進まないように、デイジーも言う。

この縁談はハウゼン家側から申し込んだものだ。

ドノバンが、シュタイン公爵に婚約を打診し顔合わせを頼んだら、辺境にある公爵領に来るならば、会ってもよいとの返事が来た。

そんな対応をされ腹も立つが、財政難なので背に腹は代えられない。

だからこそ、みそっかすのフィーネではなく、社交慣れしていて立ち回りの上手いミュゲに行ってもらって、この縁談を成立させてほしかったのだ。

「しかし、相手は顔合わせと言っている。フィーネがしくじったら婚約どころかその場で家に帰らせられるぞ。どうするつもりだ」

ドノバンは苦り切った表情で呟く。この縁談にはハウゼン家の命運がかかっているのだ。

「それについては考えがあるから大丈夫です」

心労がたたり憔悴しているドノバンをよそに、血色のよいロルフが自信ありげに言った。


翌日、ロルフとミュゲがフィーネの部屋に訪れた。

「フィーネ、久しぶりだな」

「まあ、お兄様、いつお戻りに？」

フィーネは兄の突然の帰国に驚いた。しかもフィーネの部屋に訪ねてくるなど何年ぶりだろうか。

「お前がのんびり寝込んでいる間にいろいろとあってね。昨日帰ってきた」

「それはまた急ですね」

フィーネは腑に落ちなかった。予定では卒業まであと一年はあるはずだ。

「今日は私たちがフィーネについてお医者様に行くことになったから。さっさと着替えてちょうだい」

「え？　お兄様とお姉様が？」

フィーネはミュゲの言葉に驚いた。子供のころからロルフやミュゲにはよくいじめられてきた。その彼らがいったいどういった風の吹き回しだろう。フィーネは首を傾げ、警戒心を抱いた。

家族は病で臥せりがちのフィーネを見舞うこともなく、三度の食事もメイドが運んできていた。

フィーネは病院に行くことになったいきさつを思い出す。

仮面舞踏会へ行った翌日から、フィーネの体調は悪化の一途をたどり、とうとう寝台から起き上がれなくなった。

ひと月が過ぎたころ、フィーネの代わりに仕事をやらせていた執事がやめてしまい、ようやくドノバンは重い腰を上げ、彼女に医者に診察に行くように言ったのだ。

『私も忙しいのだ。一刻も早く病気を治して家の仕事を手伝ってくれ』

その後、ふらふらとしながらメイドに支えられ、家族の付き添いもなく、医者に掛かった。すると次回は大切な話があるから、両親を連れてくるようにと言われたのだ。

「ワーマイン先生は必ず両親と一緒に来るようにとおっしゃっていました」

不安を感じて、フィーネが二人に訴える。このことはドノバンとデイジーにも言ってあった。それなのに、彼らはフィーネとそりの合わない兄と姉を送り込んできたのだ。

「何を言っているんだ。僕は次期伯爵だ。その僕がついていくのだから、医者も文句はあるまい」

途端に兄が不機嫌な顔をした。彼はドノバンと似ていて、プライドが高く気難しいところがある。

「そうよ。私は今日の茶会を急遽お断りして、あなたのためについていくのよ。何の不満があるっていうの？」

ミュゲも怒り出す。

ハウゼン家では差別される髪色だが、国では違う。だがよりによって魔力のないフィーネが、ハウゼン家の遠い先祖と言われているエルフ族の珍しい白金の髪色と翠玉の瞳を引き継いでしまった。

彼女だけが、家族とまったく違う色合いで、容姿すら似ていない。そのためフィーネは不義の子と疑われ、兄や姉、妹にまで嫌な思いをさせていた。だから、兄姉妹に強く出られないのだ。

せめてフィーネに魔力さえあれば、エルフの血筋だと言えるのに。

フィーネはメイドに支えられ、ロルフとミュゲにせかされるように馬車に乗り込んだ。

（なぜ、お姉様もお兄様もこのように思いやりがないのでしょう。それに、お母様もお父様もどうして来てくださらないの？　私が心配ではないの？）

フィーネは悲しくなってきた。


王都でも有名な診療所の医師ワーマインのもとを訪れると、両親ではなく、兄と姉がついてきたのを見て驚いていた。

「必ず、ご両親と来るように言ったではないですか？」

明らかにワーマインは困惑している。

フィーネだって同じ気持ちだった。しかし、父母はいつものようにミュゲとロルフの意思を尊重したのだ。

「父も母も忙しいのです。それに僕は次期ハウゼン伯爵です」

兄が尊大な態度で言うと、ワーマインはフィーネに気の毒そうな視線をよこした。

魔力持ちの貴族の家系に生まれた魔力なしの子供が、家族にぞんざいな扱いを受けることは、この国ではままあることなのだ。

「本当に大切なお話なのですが、仕方がないですね。フィーネ嬢、それからご家族の方も心して聞いてください」

フィーネはワーマインの深刻な様子に嫌な予感がして、胸がどきどきしてきた。

しかし、兄も姉もフィーネにはお構いなしで、前置きはいいから早く結果だけを聞かせてくれとせかす。

「ここへ来た時は、もう手遅れでした。あなたの余命はあと半年です」

重々しい口調でワーマインが伝える。

「……え？」

フィーネの頭の中は、一瞬真っ白になる。次に足元が崩れるような気がした。覚悟はなかったが、予感はあった。せき込んで血を吐くなど普通ではない。

（たった半年？　それだけしか、私は生きられないの？　うそでしょ……）

ショックのあまりフィーネの瞳に涙がせりあがる。

しかし、それも姉がだしぬけに言った言葉に、一瞬で引っ込んだ。

「フィーネは長旅に耐えられるでしょうか？」

驚愕と共に、フィーネの意識は現実に引き戻された。

「お姉様……？」

目を見開いてミュゲを見つめた。

「は？　何のお話でしょう？」

医者もミュゲの発言に、あっけにとられている。

「いったい何を言ってらっしゃるの？」

フィーネが震える声でミュゲに問う。信じられない気持ちでいっぱいだった。フィーネは今、余命を告げられたばかりなのに、慰めの言葉もなく、いきなり『長旅に耐えられるのか』と聞く姉を呆然として見つめた。

フィーネの視界が徐々にすぼまり、気分が悪くなってくる。

「ねえ、あなた以前に湖を見たいと言っていたでしょ？」

ミュゲが突然よい姉を演じ、優しい笑みを浮かべて言うが、フィーネにはまったく覚えのない話で混乱した。

そもそもミュゲとは普段から会話もない。彼女はいつでも一方的だ。

「そうだ。フィーネ、静謐《せいひつ》な森と湖がある場所に行こう」

ロルフまでおかしなことを言い出す始末で、余命を告げられたばかりのフィーネはパニックに陥った。

「フィーネ嬢の寿命を延ばすのなら、安静にするのが一番ですが、最後にしたいことをするのもよいかもしれません。それか他国で治療法を探すか――」

困惑しつつも、せっかく割って入ってくれた医者の発言を遮るようにロルフが再び口を開く。

「フィーネ、空気のいい場所に行こう」

二人とも目をらんらんと光らせて身を乗り出してくる。

フィーネは不穏な空気を感じた。いつまでも呆然自失としているわけにはいかない。彼女には頼るものなどないのだから。

今は自分の余命をはかなんでいる場合ではないのだと、フィーネは自分に言い聞かせ気持ちを奮い立たせようとした。このまま二人のペースに乗せられたら、残り少ない寿命をさらに削ることになるかもしれない。

今にもあふれだしそうな悲しみが、どす黒い感情に変わっていく。しかしフィーネはほんの少しでも生きる可能性を模索するために、静かに、だがきっぱりと二人に告げる。

「お兄様、お姉様、私はお医者様と二人でお話をしたいのだけれど」

少なくともワーマインはフィーネに対して同情的だとわかった。

「何を言っているんだ。話なら、僕たちも一緒に聞く」

ロルフが言い張る。

「申し訳ないが、お二人は出てくれるかな。まだ診療も残っているのでね」

ワーマインがフィーネの意図を汲んでくれたお陰で、二人はしぶしぶ出ていった。医者とは言ってもワーマインは、ただの町医者ではなく、名医と言われる貴族出の医者だ。ロルフといえど彼の言うことを無視して居座るわけにはいかなかった。

ワーマインは、二人が出ていくのを見届けてから、気の毒そうな顔をして口を開いた。

「それで、フィーネ嬢、何か話があるのではないかな？」

その柔らかな眼差しと優しい問いかけに、フィーネの瞳に再び涙があふれそうになったが、彼女は自分を叱咤した。ゆっくりと深呼吸をすると覚悟を決めたように口を開く。

「まず、私の病名は何ですか？」

フィーネは無理やり感情を飲み込み、背筋を伸ばす。本当は怖くて一人で聞きたくはなかった。しかし、彼女を守ってくれる者はここにはいない。祖母のローズはとっくに他界しているのだから。

「それが信じがたいことに……」

ワーマインの話が始まった。


しばらくしてからフィーネの診察が終わると、彼女は兄と姉に挟まれるように馬車に乗せられ家に帰された。

「お父様とお話がしたいのです」

フィーネは二人に訴えたが、強引に部屋に押し込められてしまった。

気力はあれど、病身のフィーネでは逆らう体力が残っていない。使用人も誰も助けてくれなかった。それもいたしかたないことで、残っているのは母とミュゲ、マギーの専属メイドと下働きの使用人だけだったからである。

「フィーネ。あなたには落ち着く時間が必要よ。まずは私とお兄様が話しに行くわ」

ミュゲはもっともらしいことを言うが、まったく信用ならない。

「こんな時だ。少しは僕たちを頼れ」

ロルフもやたらと調子のよいこと言う。兄姉《きょうだい》は馬車の中ではフィーネを慰めもしなかったのに。

ロルフとミュゲはフィーネの意思を無視して出ていってしまった。

何か良からぬことを画策していないとよいが、と不安になる。しかし、いくら意地の悪い兄と姉でも余命わずかな妹にそれほどひどいことはしないだろうとフィーネはこの時思っていた。


ロルフとミュゲはさっそくドノバンの執務室に向かい、そこへデイジーも呼び出した。

「それで、フィーネは何の病気だった？」

マギー以外の家族が集まりソファに腰かけると、執務室のマホガニーのデスクに座るドノバンが口を開く。

「フィーネは肺を患っているようです」

ロルフがよどみなく答えた。これは本当だ。フィーネ自身が医者からそう言われたと話していたのだ。

「それならば長旅は無理ね」

デイジーがどこかほっとしたような様子だ。

「そうだな。やはりミュゲに行ってもらおう。魔力持ちのお前なら、公爵閣下も満足するだろう」

ドノバンも頷いた。

ハウゼン家としてはどうしてもこの縁談を成功させたかった。

「お医者様は、空気のいい場所で療養させるのが一番だとおっしゃっていましたわ」

「そうです。公爵閣下の辺境の領などぴったりではないですか？」

ミュゲとロルフが口をそろえて言う。

「お前たち、まさか肺を患っているフィーネにひと月も馬車旅をさせるつもりか？」

ドノバンがぎょっとする。

「そうよ。空気がいい場所なら王都近郊にいくらでもあるでしょ。それに旅の間に何かあったらどうするの？　公爵閣下のもとに病人を送りつけるなんてできないわ」

デイジーが信じられないというような表情を浮かべ、ロルフとミュゲを見る。

「大丈夫です。転地療養を勧められましたから。それに肺をわずらっているといってもたいしたことはありません。ポーションを服用して体力を回復すれば、治るようです。ただそのポーションが高額なのが困りものですが」

ロルフがすまして答えた。

「そうよ。お父様、お医者様がそうおっしゃっているのよ。ワーマイン先生は貴族出身の高名な医師なのでしょう？」

ミュゲが力強く言い添える。

ワーマインはそんなことを言っていないし、病名についてはフィーネ一人で聞いていた。二人はフィーネから、肺を病んでいると聞いただけだ。

ドノバンとデイジーが反対するも、口の達者な二人の説得に折れるのは時間の問題だった。

ロルフとミュゲはフィーネの余命については、示し合わせて口を噤んでいた。

いくらフィーネに関心のない両親でもそれを知ったら、さすがに許さないだろうと思ったからだ。

だが、彼らにとってフィーネの余命は都合がよかった。きっとフィーネはミュゲではないとばれる前に死んでくれるだろう。


あくる晩、臥せっているフィーネのもとに、突然ロルフとミュゲがやって来た。

「フィーネ、お前は空気のいい場所に行くことに決まった」

「え？」

兄の言葉にフィーネは目を瞬いた。

「いいわね。上手くいったら公爵閣下の妻になれるのよ。出発は明日だから」

「どういうこと？」

「お父様がまた投資に失敗なさったのよ。恨むなら、お父様を恨みなさい。それに、あなたがしっかり止めていれば、こんなことにならなかったのよ」

ミュゲが切り口上でフィーネに言い渡す。

「そうだ。そのせいで僕も留学を打ち切って帰ってくることになったんだ。まったくいい迷惑だよ。帰ってくれれば、使用人は減っているし、執事もやめている。お前は、ろくに父上の補佐もできないんだな」

フィーネはそこでロルフとミュゲから事の顛末を聞かされびっくりした。

「そんな……。お父様は、あの危険な魔石発掘の投資にお金をつぎ込んだのですか？　まさか、唯一順調だった石鹸製造販売の事業も売り払ったんですか？」

震えるフィーネを見て、ロルフは薄笑いを浮かべる。

「ああ、あのしょぼい商売か。石鹸屋など売り払って正解だろ。今回父上は借金を負ったが、それもお前がシュタイン公爵領に行くことによってチャラになる」

「は？」

「そうよ。私の代わりに変人天才魔導士のシュタイン閣下のもとに行くことになったの。上手く取り入ってね」

けらけらと笑いながらミュゲが言う。フィーネは突然のことでパニックになる。

「お姉さまの代わり？　上手く取り入る？　それはいったい、どういうことなのですか」

「だから、この家にはお金がないのよ。公爵閣下に資金援助してもらわなければ、この家は没落するの」

「そんなバカなことって……」

フィーネはショックのあまり目の前が暗くなる。今まで自分のしてきた努力は何だったのだろう。

「だから、シュタイン公爵のもとに、あなたが私の代わりに行くのよ。いいわねえ、フィーネ公爵家に行けるのよ？」

「私が、どうして？」

混乱の中にありながらもフィーネはだんだんと状況が呑み込めてきた。

「私は魔力なしのあなたとは違うのよ。いくらでも良縁があるわ。あんな人体実験だとか、顔が二目と見られないほど醜いだとか、黒い噂のある公爵のもとに嫁ぐなんてまっぴらよ。でもあなたは違う。これを逃したら、金輪際縁談なんてないわ。変人公爵に媚びを売って、絶対に上手くやりなさいよ！」

姉の言うことはあまりにも身勝手だ。フィーネの心は悲しみと悔しさでいっぱいになる。

「お姉様の身代わりだなんて無理です！　それにお父様とお母様はなんとおっしゃっているのですか？　私はもう長く生きられないのですよ？」

「それについては問題ない」

ロルフがきっぱりと言い切る。

「問題ないって、まさかお父様とお母様に私の余命のことはお話ししていないのですか？」

フィーネは驚愕に目を見開いた。

「話したとしてもこの決定は変わらないわ。家族の総意なの。もちろん、マギーも賛成しているわよ」

「私、もうすぐ死ぬのに、ひどい！」

ロルフとミュゲの所業が許せなかった。

「おい、ミュゲ、フィーネを押さえつけろ。今から俺が制約魔法をかける」

「制約魔法？」

魔導一般に関してほとんど知識のないフィーネには、意味がわからなかった。

「そうよ。フィーネ、あなたは二度と自分の名を名乗れない。今からあなたはミュゲよ。しばらくの間、私の名前を貸してあげるわ」

いつものように恩着せがましくミュゲは言い、フィーネを押さえつけた。振り払いたいが、フィーネにそんな力はもうないし、叫ぶ体力すら残っていなかった。

ぐったりとしているフィーネに制約魔法をかけると、彼らはすぐにメイドたちを部屋に呼び入れる。

「今から、フィーネの髪を赤く染めてくれ、ハウゼン家の名に恥じない綺麗な赤毛にな」

そう言って満足そうに彼らは出ていった。

病身のフィーネに逆らう力はなく、涙のにじむ目でロルフとミュゲを見送った。

いくら社交に疎い彼女でも、醜い変人公爵の黒い噂は知っていた。たびたび食卓で話題になっていたのだから。

フィーネの心に怒りの感情と同じくらいの絶望が広がっていった。

その後、ひと月にわたる馬車旅は悲惨なものだった。馬車に酔い、食事も喉を通らず、医者がくれたポーションのお陰で何とかフィーネは生きながらえた。

旅の途中でポーションを飲むのをやめて死んでやろうかとも思った。そうすれば、ミュゲが代わりに行くしかないのだから。

しかし、それでは気が済まなかった。なんとしても実家に一矢報いたい。フィーネはロルフとミュゲの所業がどうしても許せなかった。

第四章　フィーネ、シュタイン領へ行く

シュタイン領に入ると、フィーネの具合がさらに悪くなったこともあり、街で休憩を挟んだ。ついてきたのはメイドと御者、それに護衛が二人。なんとも心もとない人数だった。まるで家族に捨てられたように感じる。実際そうなのだろう。

宿屋の自分の部屋に入った途端、フィーネは倒れるようにベッドに横になった。

二階の窓から見える景色は、確かに転地療養にはよさそうな場所で、森林や湖が点在していて、空気は綺麗で街にも活気があった。王都のようにごみごみとしていないのもいい。病気ではなかったなら、観光気分で楽しめただろう。

噂には魔導馬鹿の変人公爵と聞いているが、素朴ながらも豊かな街を見ると、領主としては優れているのかもしれないという感想を抱いた。

そしてはるか丘の上にそびえたつ古城。宿の主人によるとあれが領主館だという。まだ距離はあり、フィーネはうんざりした。

翌朝は曇天だった。今にも雨が降り出しそうで、フィーネは鈍色《にびいろ》の空を見てがっかりする。今日が最後になるかもと、毎日思いながら過ごしてきた。できることなら、からりと晴れた日に天に召されたい。

フィーネは食欲もなく、身支度が済むとすぐに出発した。

馬車は丘をのぼり、跳ね橋を渡り、城壁を抜け城へと続く小道を進む。庭は驚くほど広く、今では使われていなさそうな小屋も見られた。

長い小道を抜けポーチに馬車が着く。長旅ですっかり弱ってしまったフィーネは、メイドに支えられるようにして馬車から降りた。今にも命がつきそうだ。

その後すぐに、ハウゼン家のメイドと御者が馬車からフィーネの荷物を出しポーチに並べると、護衛ともども逃げるように馬車に乗って去っていったのだった。

あっという間の出来事にフィーネは唖然とした。

彼らはこの身代わり騒動を知っている。巻き込まれたくないのか、それともフィーネの退路を塞ぐために家族に言い含められているのかはわからないが、少し切なくなる。

「これではまるで捨て猫ね。なにも人様の家の玄関先に捨てていくことないのに」

いつまでも感傷に浸っていても仕方がないので、フィーネはため息を一つつくと、気合いを入れてノッカーを鳴らした。

絶対に死んでなるものか。これから家族への復讐が始まるのだ。

ほどなくして、お仕着せ姿で髪をきっちりなでつけた男性の使用人が現れた。

「ハウゼン伯爵家から顔合わせに参りましたミュゲと申します。公爵閣下にお取り次ぎ願えますか？」

フィーネは彼に伝える。

「お話は伺っております。少々お待ちくださいませ」

使用人はフィーネを城に入れることなく、ドアを閉ざした。

応接室に案内する気はないらしい。そして、ハウゼン家の馬車はとっとと帰ってしまった。

（ポーションも残り少ないし、野垂れ死にするしかなさそうね）

フィーネはいよいよ死を覚悟した。だが、その前に変人魔導士に会い、家族に一矢報いたい。不思議なことに悲しみより、怒りがふつふつとわいてきた。

ハウゼン家は公爵家から支援を受けなければ、借金苦でいずれ没落するだろう。

「ならば、真実をありのまま告げるわ！」

弱々しく拳を握り、息も絶え絶えにフィーネが気合いを入れていると、ドアが開いた。中から現れたのはぞろりとした黒のローブを着て、フードを目深にかぶった背の高い男だった。彼が当主のシュタイン公爵だろうか。醜いと有名な顔はフードの陰になっていて見えない。

「ハウゼン家のミュゲ嬢か？　私がノア・シュタインだ」

抑揚のない低い声に、フィーネは一瞬たじろいだが、決意も新たに口を開く。

「いいえ、私はミュゲではありません。ミュゲは私の姉の名です」

フィーネはきっぱりと言ったが、内心では頭の弱い女と思われて相手にされなかったらどうしようかと思っていた。

「何？　どういうことだ」

フードの陰で表情はわからないものの、相手が反応を見せたのでほっとする。少なくとも話は聞いてくれそうだ。

「私はハウゼン家の魔力なしの次女フィーネと申します。この縁談を魔力持ちの長女ミュゲが嫌がったので、私が身代わりとしてこちらに送られました。ハウゼン家は閣下とのお約束を破り、魔力なしの私にミュゲと偽ることを強要しました」

しばらく沈黙が落ち、フィーネは気分が悪くなってきた。

そろそろポーションが必要なようだ。残りはあと二つ。渡されたポーションの数からいって、あらためて兄と姉の悪意を感じる。

彼らはポーション代を高いからと言ってケチったのだ。

(許せない！)

彼女は心の中で二人を罵った。

「こういうパターンははじめてだ。あきれたな。この縁談というか顔合わせはハウゼン家から持ちかけられたものだぞ。それなのに替え玉を送ってくるとは」

意外にも、相手は激昂することなく落ち着いた口調だった。

(怒らないの？　それともあきれているだけ？)

フィーネはさらなる燃料を投下することにした。

「私も失礼な話だと思います。この髪は姉と同じ赤に染められて、フィーネと名乗れないように兄に制約魔法までかけられました。そこまでして姉はこの縁談を嫌がったんです！」

「ん？　ちょっと待て。制約魔法をかけられたのに、なぜお前は自分の名を名乗れるのだ？」

公爵は興味をひかれたように近づいてくる。

すると彼からつんとした薬品の匂いがした。きっと何かの実験中だったのだろう。家に実験用の蛇やとかげ、ネズミをたくさん飼っているという噂もある。本当だろうかと、フィーネはぞっとしてあとずさった。

「私は、もともと魔法にかからないのです」

臆しながらも、言葉を返す。なぜか予想していたのとは違う反応をする魔導士に、フィーネは戸惑いを感じ始めていた。

「お前は今、自分のことを魔力なしと言っていなかったか？」

魔導士がかすかに首を傾げる。

「はい、魔力なしです。そのせいなのかはわかりませんが、制約魔法などにはかかりません。でも家族とは折り合いが悪いので、秘密にしていました。かかったふりをしたのです。だから、彼らは私が自分の正体をばらしているとは思ってもいないでしょうね。ふふふ、あははは」

それを思うとフィーネは愉快になってくる。

久しぶりに腹の底から笑いが漏れた。

「お前、もしかして、魔法の知識がまったくないのか？」

だが、魔導士の反応はことごとくフィーネの期待を裏切り、さらに興味深げに身を乗り出してくる。

（なんで？　どうして怒らないの？　とっくに「お前の家に支援などしない！」とか言って怒りだして、叩き出されているところじゃない？）

それによってフィーネは野垂れ死にするけれど、実家は金銭的援助を受けられずに見事没落するのだ。たぶん、悔いはない。贅沢な生活しか知らないミュゲもロルフも苦労すればいいのにと思っていた。

しかし、魔導士はハウゼン家にはまったく興味がないようで、なぜかフィーネに興味をそそられている様子。

「はい、もともと魔力がありませんので、その手の教育は受けておりません。興味もありませんし。それで私、こんな詐欺のような真似をした実家を罰していただきたいのです。格下の伯爵家からこんな真似をされて腹が立ちませんか？　どうか資金援助はせずに没落させてくださいませ。だいたい、父がうさん臭い投資に手を出したせいでこんなことになったんです。私が病に倒れている隙に勝手なことをして。右肩上がりだった石鹸製造販売の事業まで手放して、詐欺話につぎ込んでしまったんです」

フィーネは悔しくてわなわなと拳を握り、家族への積年の恨みを吐き出した。

これが余命わずかなフィーネの考えた精一杯の復讐だった。このためだけに長旅に耐えたのだ。

しかし、一気にしゃべりすぎて息が上がり、気分が悪くなってきた。

「石鹸？　最近出回っているあの香りと色付きの石鹸はハウゼン家のなりわいだったのか」

フィーネはそれを変人公爵が知っていることに驚いた。

「そうです！　色とりどりで、香り付きの綺麗な石鹸です。貴族用に金箔を入れてみたり、お祖母様と試行錯誤して、せっかく販路を広げたのに、父がそれを売り払ったんです」

フィーネは石鹸のことを聞かれて嬉しくて、ついうっかり食いついてしまったが、彼女が言いたいのはそこではなかった。

「あの、……怒らないのですか？　ハウゼン家に腹が立たないのですか」

フィーネが息も絶え絶えに、畳みかける。

「お前は、私を怒らせたいのか？」

逆に不思議そうに魔導士に問われてしまった。この魔導士は話す言葉に抑揚もなく、人間的な感情がすっぽり抜けているかのようだ。だからといって、ここで引き下がるわけにはいかない。

「当然です！　ひどい話ではないですか！　これは詐欺ですよ？　詐欺！　ハウゼン家は魔力持ちの長女をよこすと言って、魔力なしの次女を送り付けたのですから」

フィーネがだるい体を叱咤して、声を振り絞る。心の中は、彼にハウゼン家への怒りをぶちまけてほしい気持ちでいっぱいだったが、体は疲労で限界を迎えつつあった。フィーネはもはや気力だけで立っている。

「だが、俺がそれを認めたら、お前はここから放り出されるぞ。見たところ、お前の家の使用人も馬車も主人を置いてとっとと逃げ出したようだが、ここで野垂れ死にする気か？」

魔導士が端的に事実を指摘する。確かに彼の言う通りなのだが、フィーネは魔導士の冷静な態度にもやもやし始めた。

「できれば、野垂れ死には避けたいのですが、致し方ありません。それと彼らは雇い主である伯爵家に逆らえないだけです。弱い立場の者たちなので使用人にはお咎めのない方向で、ハウゼン家に復讐してもらえませんか？」

フィーネが諦め半分で、首を傾げて言い添えると魔導士は困ったように、フードをかぶったままで頭をぽりぽりとかいた。

「仕方がない。俺の醜い姿に耐えられるようなら、少しの間この屋敷でお前を使ってやってもいい」

「え？」

話が先ほどから予期しない方向に転がっていく。彼はひょっとしてフィーネに同情しているのだろうか。

フィーネが驚きに目を見開くと、魔導士はフードをばさりと脱いで素顔を晒す。

あまりの恐ろしさと旅の疲労も相まって、フィーネはその場で吐血し、卒倒した。


目を覚ますと、ふかふかのベッドの上に寝かされていた。天蓋付きで、幾重にも美しい布が垂れている。

あたりを見回すと、驚くほど豪華な部屋にフィーネはいた。チェストやふみ机はウォールナット製の一級品で、座り心地のよさそうなソファがある。

見たことのない部屋に記憶が混乱し、ここはどこかと考える。するといつもの湿った咳が始まり、やがて吐血した。長旅が体に障ったのだろう。

「まあ、お嬢様、大丈夫ですか?」

そう声をかけてきたのは、二十代半ばと思しき女性だった。お仕着せ姿なのでメイドだろう。

「私はこの家のメイドのマーサと申します」

そう名乗るとフィーネの口をやさしく拭ってくれて、水差しからグラスに水を注いでくれた。

「飲めますか?」

体を起こしやすいように背中にクッションをあて、フィーネを気遣ってくれる。ハウゼン家のメイドよりずっと優しいマーサに、フィーネはびっくりした。

「ありがとうございます」

一口飲むと咳が収まった。

「何か、ご病気ですか？　お荷物はここに運ばせていただきましたが、お薬などございますか？」

「はい、カバンにポーションが。人に移る病気ではないので、心配しないでください」

フィーネの言葉に、マーサは困ったような笑みを浮かべた。

「では失礼して」

マーサはカバンを開け、ポーションを持ってきてくれた。

「ありがとうございます」

一口飲んだが、疲労感が抜けない。

「お嬢様、いまご主人様を呼んでまいりますね」

「え？」

フィーネはそこで自分の今置かれている状況に混乱した。察したマーサがすかさず言い添える。

「こちら、シュタイン領の領主館二階にありますゲストルームでございます。お嬢様が昨日、玄関先で倒れられましたのでお運びしました」

そうだ。シュタイン公爵の顔に驚き、失礼にも卒倒してしまったのだ。しかも丸一日寝込んでしまったらしい。

「それは、たいへんご迷惑をおかけしました」

フィーネは恥ずかしさに真っ赤になりながら、深く詫び、礼を述べる。シュタイン公爵は噂とは違い親切なようだ。野垂れ死にを覚悟していたのに城の中に入れてくれた。

変人だと噂で聞いたが違うのかもしれない。少なくとも彼に雇われているメイドのマーサはかなりまともに見える。


ほどなくして、昨日玄関先で出会ったシュタイン公爵がやって来た。

彼は素顔を晒したままだったが、半ば覚悟していたのでフィーネが気絶することはなかった。

「お前、病持ちなのか？」

開口一番、あきれたように公爵が言う。

「ご迷惑をおかけしました。泊めていただきありがとうございます」

フィーネはまだ立ち上がれないので、ベッドの上で深々と頭を下げる。

「具合がよくなったら、荷物をまとめて帰れ」

冷たく言い放つ。どうやら優しいのは、メイドだけのようだ。玄関先で人に死なれては寝覚めが悪いから、介抱してくれたのだろう。

「実家では私はいらないそうなので、帰る場所がありません。……あの、半年だけでいいのです。ここに置いてもらえませんか？　もちろんご迷惑はおかけいたしませんし、寝起きする場所は納戸でもどこでもいいので」

図々しい願いだが、フィーネは言うだけならただだと思いとりあえず口にする。

もうすぐ死ぬ身だが、雨露はしのぎたいところだ。もう一度丁寧に頭を下げると、魔導士がため息をつく。

「なるほど、ハウゼン家はいらないものを送ってよこしたのか」

「状況を理解していただけましたか？　本当に失礼な家ですよね」

魔導士の言葉に、フィーネの中で再び怒りが込み上げてきた。

「で、俺の顔を見ても、もう吐血して気絶しないのか？」

フィーネは彼の言葉にあたふたとして、再び頭を下げる。

「昨日は失礼しました。少しびっくりしただけです。あの、それより痛くはないのですか？」

彼は右側にひどい火傷を負っていて肌がひきつれているが、左側は美しいと言ってもよい容貌だった。切れ長の目にすっと通った鼻筋、薄めの唇、澄んだ青い瞳には冷たい色を宿しているが、同時に知性を感じさせる。そして残念なのは手入れのされていないぼさぼさの黒髪。

「雨の日など少々痛む」

少しの沈黙を挟んだ後、彼はぶっきらぼうな口調で答えた。

「で、私は閣下のお顔を見ても全然大丈夫なので、置いてくださるんですよね？　昨日そうおっしゃっていましたよね？」

フィーネが畳みかけるように言うと、魔導士が眉根を寄せる。

「お前なあ……。だが、ただで、というわけにはいかないぞ」

「はい」

どのような条件を付けられるのかとにわかに緊張し、フィーネはごくりとつばを飲み込む。

「お前には俺の実験体になってもらう」

「ひっ！」

やはり人体実験をするという噂は本当だったのだ。これは死ぬより怖いかもしれないと、フィーネは顔を青くした。

「別に痛いことは何もないし、命の危険もないから、安心しろ」

無表情で淡々と語る姿が、フィーネの恐怖心をさらに煽る。どうせ死ぬから命の危険はどうでもよいが、痛いのだけは嫌だった。だが、ここに置いてもらう以上、否はない。

「……承知いたしました。それから、跳ね橋のそばにある小屋は、今使われていないのですよね？」

「ああ、よく気づいたな。昔は使用人が使っていたが、今は使われていない。俺一人だから、それほど使用人もいらない。皆には本邸であるこの城に住んでもらっている」

魔導士が、なぜそんなことを聞くのかというような訝しげな表情を浮かべる。

「それならば、半年ほど私をあの小屋に住まわせてください」

「意味がわからない。この客間の居心地が悪いとは思えないがな。それに先ほども言っていたが、なぜ半年なのだ？」

彼の口ぶりからして、この豪華な部屋に置いてくれるらしい。実験体にしては待遇がよすぎると思う。

フィーネはそんな考えをわきに押しやり、彼の質問に答えることにした。

「私の余命が半年だからです。でも心配しないでください。最大限にもって半年らしいので、割とさっさと逝くかもしれません。もちろん、お屋敷を汚すことはいたしません。死期を悟れば、猫のように消えますので。幸いお屋敷の裏には深い森があるようなのでそちらで永遠の眠りにつきたいと思います。噂では辺境だと聞いていましたが、ここは風光明媚で素敵な場所ですね。死ぬにはぴったりです」

窓の向こうに広がる湖と青々とした森を眺めながらフィーネがうっとりとしたように語るが、ノアは無表情だ。

「なんだか嬉しくない表現だな。それにお前の家族は、余命半年の娘をこんな辺境の地へと送り付けたのか。旅の途中で死ぬかもしれないのに」

抑揚のない声で問うてくるので、彼がフィーネに同情してくれているのか、あきれているのかさっぱりわからない。

「両親は、おそらく私が余命半年だとは知りません。兄と姉の仕業です」

「どういうことだ？」

これには少し興味をひかれたようだ。

「診療所の医師には大切な話があるから、両親を連れてくるように言われたのですが、兄と姉が強引についてきてしまって。父母に私の余命のことを黙っていたようです。私はすべての事情を、実家を旅立つ前日に知らされました。そして昨日お話ししましたように、兄に本当の名を名乗れないように制約魔法までかけられ、このように髪も赤く染められました」

せっかく静まった怒りが、またもふつふつとぶり返す。

「赤くね……もう色は落ちかけているがな。本来の色は白金《プラチナブロンド》か。それで、お前はどうしてそこまで家族に嫌われているのだ」

単刀直入な言葉がぐさりと心に刺さる。

彼のような天才魔導士には魔力なしが、家族の中でどのような扱いを受けるか想像もできないのかもしれない。そのうえフィーネは家族の誰にも似ていないのだ。

「魔力なしだからです。ハウゼン家の子供に魔力がないことは恥なのです。しかも私は、ハウゼン家特有の赤毛ではないので、母は私を生んだ後不貞を疑われ、父との仲もぎくしゃくしたそうです」

そこまでフィーネが話すと、魔導士は興味なさげに顔をそむけた。

「まあいい。家族の問題は俺には関係がないからな。それで、いったい何の病気だ？」

「魔力枯渇症です」

魔導士がびっくりしたように、目を見開く。この人にも表情があったのだとフィーネは感心した。

「魔力がないのに、魔力枯渇症だと？　やはりおかしいな。お前、王都でどの医者に診てもらった」

「ワーマイン先生です」

「なるほど、ならば見立てに間違いはなかろう。治療は受けないのか？」

ノアは思慮深げに顎に手を当てる。

「余命も告げられましたし。それに私は魔力なしとの判定が出ているので、原因不明だそうです。先生も困惑していらっしゃいました」

「そうかもしれないが、だからこそ、その原因を探るべきではないのか？」

いかにも研究者らしいことを言う。

「ええ、可能性は薄いけれど他国の医者に診てもらってはどうかとのアドバイスもいただきました」

「確かに魔導も医療もこの国が一番発達しているからな。ここでわからぬことが他で明らかになる可能性は低い。で、お前の家族はそれについてなんと言っている？」

「兄も姉も興味がないようでしたから、病名を聞いたのは私一人です。だから家族は肺の病だと思っています」

「なるほど。そうとうこじれているな」

あきれるというより、感心したように言う。変に同情しているふうもなく、それがかえってフィーネの口を軽くした。

しかし、これほどしゃべったのは久しぶりで、さすがに疲れを感じてきた。

「あの、申し訳ないのですが、気分が優れないので休みたいのです」

ベッドに腰かけているだけでもくらくらしてくる。喉がカラカラで咳も出そうだ。

「ああ、わかった。しかしその前に、足を見せてくれないか？」

「は？」

フィーネは途端に警戒し、身を固くした。

「おい、俺は魔導士であるとともに、魔法医でもあるんだぞ。その功績がたたえられて叙勲したのだ」

「はあ、なにぶん世間のことには疎くて、申し訳ございません」

叙勲したのは知っているが、最近ではおかしな研究ばかりをしていて魔塔から追い出されたという噂をミュゲやマギーから聞いていた。それに人体実験の話も本当だった。

「足先だけでいいから、診せてみろ」

フィーネは足に出た青い湿疹を見せる。これを見てワーマインは魔力枯渇症と診断したのだ。

「確かに、これは魔力枯渇症の症状だ。加えて咳に吐血か。末期の症状だな。早期に受診し、ポーションを服用すれば助かったものを……」

ワーマインと同じことを言う。フィーネの症状は進み、治療可能な段階を超えている。もう手遅れなのだ。

無関心な親に顧みられなかった結果だった。

「あとで、食事を運ばせる。しばらくゆっくり休み、旅の疲れを取るといい。今後のことはお前の調子が少しよくなってからだ。やはりお前は興味深い。体力を少しでも回復して、よい実験体になってくれ」

そう言って魔導士は部屋から出ていった。いい人なのか悪い人なのかさっぱりわからないが、いきなり切り刻まれることはないだろう。

（あれ？　そういえば復讐は？　まさかここまでハウゼン家にコケにされて、実家に支援金など送らないわよね）

確認しようと思ったが、フィーネは体がつらくて起き上がれなかった。そのまま気を失うように眠りについた。

その後、数日高熱が続いたが、マーサの献身的な看護と、公爵のくれた上等なポーションのお陰でフィーネは持ち直した。

フィーネが起き上がれるようになると部屋に公爵がやって来た。

「だいぶ具合はいいようだな、今日から実験に付き合ってもらう」

ぶっきらぼうな口調で言う。今日の彼はフードを目深にかぶったままだった。

「あの、普段から、家の中でもフードをかぶっているのですか？」

「は？」

「もしかして気を使ってくださっているのですか？　それならば無用です。私は閣下の実験体なので」

フィーネが胸を張って答える。

「わかった。それから、閣下ではなく俺のことはノアと呼んでくれ」

「かしこまりました。それならば私のこともフィーネとお呼びください。それで痛いことはしないんですよね？」

痛いのだけは嫌なので、しっかりと確認しておく。

「お前が俺についてどんな噂を聞いているのかは、だいたい想像がつくが、嗜虐趣味はない。では今から実験棟へ行くぞ」

ノアはきっぱりと言い切った。

フィーネはノアの後について領主館である古城を出ると、隣にある堅牢な石造りの建物に入った。どうやらそこが彼の研究室兼実験室のようだ。

「実験用の建物は、領主館とは別棟なのですね。不便ではないですか？」

領主館は立派な城でとても大きく、健康なら探索を楽しみたいくらいだ。

それなのにわざわざ外に実験棟を持っている意味がわからなかった。ノアなりのこだわりがあるのだろうか。

「実験中に事故があったら、家の者に被害が及ぶだろ。だから、実験棟は別にした」

とてもまともなことを言ったので、フィーネは目を見開いた。

やはり、噂はただの噂であって、彼はまともなのだろうかとチラリと思ったが、フィーネを実験体と呼んでいる時点で変人だと思いなおした。

窓が小さく採光の少ない廊下をノアの後ろについて歩き実験室に入ると、眼鏡をかけた品のよい執事がお茶の準備していた。無機質で無骨な実験室からは、明らかに浮いて見える白い清潔なクロスを敷いたティーテーブルと座り心地がよさそうなソファがある。

「ロイド、下がっていいぞ」

折り目正しい一礼をして、ロイドと呼ばれた執事は下がる。

壁一面に棚がしつらえてあり、フラスコやビーカー、ロートに水晶など、いろいろな器具が並べられていた。その他、薬瓶や乾燥させた薬草が種別ごとに陳列されている。まるで店の倉庫のようだ。

薬草独特の香りがするが、とりたてて不快なものではない。

「そこに座って」

ノアが差ししめしたのは、ティーテーブルの前にある凝った刺繍が施されていた布張りのソファだ。

フィーネは何かが違うと思いながらも腰かける。ソファはすこぶる座り心地がよかった。

「あの、私は被験体として来たのですが。なぜ、お茶とお菓子が並んでいるのですか?」

テーブルには湯気を立てる紅茶とおいしそうな焼き菓子が用意されている。

「ああ、準備に少し時間がかかるから、茶でも飲みながら待っていろ。お前の体に負担をかけて、実験中に倒れられたら困る」

「はい、お気遣いありがとうございます」

実家でもされたことのないもてなしに、フィーネは目を瞬いた。

口調はぶっきらぼうで、表情は動かないが、やはり優しい人なのだろうか、それともこれから過酷な実験が始まるのだろうかと、フィーネの心は揺れる。

しかし、考えても答えは出ないので、フィーネはお茶を飲むことにした。

深い色合いの濃く淹れた紅茶の横にはクリームと砂糖が添えられている。たっぷりとクリームを入れて飲むと、コクがあってとてもおいしい。

「こんなおいしい紅茶は初めて飲みました」

感動したようにフィーネが言う。

「ロイドはうちで紅茶を淹れるのが一番上手いんだ。それから、コーヒーも」

コーヒーは他国から最近入ってきたものだ。

ノアは新しい物好きなのかもしれないとフィーネは思った。

「ノア様はコーヒーも飲まれるのですか?」

「ああ」

ノアは生返事をする。彼は実験用のワゴンの上に、慎重に水晶を設置しているところだった。

集中しているようなので、フィーネはノアには構わず、おいしそうなマドレーヌを手に取る。生地はしっとりしていて、一口食べるとバターの芳醇な味わいが口いっぱいに広がる。

「おいしい」

紅茶を飲みながら、フィーネはほうっと息をつく。

家では具合が悪くて休んでいると「さぼっている」だの、「親の注意が引きたいのか」だのと言われてきたが、ここでは実家よりも高価なポーションで治療までしてくれて、ゆっくりと静養させてくれる。

さらに実験室には、極上の紅茶においしい焼き菓子まで準備されていた。まさに至れり尽くせりだ。

（実験体、悪くないかも）

フィーネは口元をほころばせる。

「おい、準備ができたぞ」

ノアがごろごろとティーテーブルの前に実験用と思《おぼ》しき金属製のワゴンを押してきた。

「私は何をすればよいのですか？」

フィーネは少し緊張を覚えた。

「水晶が三つ並んでいるだろう。左から順に手をかざしていってくれ」

「これ、魔力検査ですか？　私に魔力はありませんが」

不思議そうにフィーネが首を傾げる。

「お前が受けたのは、国でやっている集団検査だろ？」

この国では六歳になると、一律に魔力検査を受けることになっている。

「はい、その時魔力なしと判定されました」

「あれはただの簡易検査だ。すり抜けてしまう魔力もある」

「え？」

フィーネは初めて聞く話に目を瞬いた。

「魔力がないのに、重度の魔力枯渇症などになるものか。いいからさっさと水晶に手をかざせ。俺の推測が正しいかどうか、見極めたい」

不愛想で、黒髪はぼさぼさで、顔の右半分はケロイドで痛々しい状態だったが、フィーネはもう彼を恐ろしいとも醜いとも思わなかった。

「はい」

素直に手をかざしていく。一つ目は反応なし、二つ目はわずかに光が揺らいだ気がした。そして三つ目は触れた瞬間スパークして慌てて手を離す。

「きゃあ、これ、なんですか？」

ノアは痛いことはしないと言ったのに、手にはほんのわずかにしびれが残った。

「やはりな。これは珍しい。お前は合格だ。実に興味深い」

「はい？　何に合格したのですか？」

ノアが何を言っているのか、さっぱりわからない。

「俺の実験体としてだ。素晴らしい。研究のしがいがあるな。仕方がない。手元に置いておくために婚約してやる」

ノアの無表情から紡がれる言葉に、フィーネは顔色を変えた。

「ええ！　そんな！　私と婚約してしまったら、ミュゲと婚約することになります。実家に資金援助をするおつもりですか？」

「それは実家への復讐のために、俺とは婚約しないということか？」

無表情でノアが問う。

「もちろん実家には資金援助してほしくはないのです！　ですが、少し違う気がします……」

復讐とはまったく別の次元で抵抗があるのだ。

「思い人でもいるのか」

「いません！」

即答だった。フィーネはほとんど外に出ることがなかったので、男性との出会いもない。

「ではどうして？　俺のことを生理的に受け付けないとか」

フィーネはノアの言葉に目をむいた。

「そんな失礼なこと思っていません！　私自身ではなく、姉のミュゲとして、あなたと婚約するのが嫌なんです。それだけは絶対に嫌です！」

「なるほど」

ノアは頷くと、再び口を開いた。

「それで、お前の姉は入れ替わって、どうするつもりだったんだ？」

「さあ、私が死んでしまえば問題ないとでも思っていたのではないですか？」

「お前の兄姉はそろいもそろって馬鹿なのか？」

ノアの言葉は率直だ。

「今回、私はその兄姉にしてやられてしまいましたので、なんとも答えようがございません」

フィーネが悔しそうに拳を震わせると、ノアは噴き出し腹を抱えて笑い出す。フィーネは突然のことでびっくりした。意外に明るい顔にフィーネの視線が吸い寄せられる。

「お前、面白い奴だな」

ひとしきり笑いの発作が収まるとノアがそんな失礼な感想を漏らす。

「ええ？　そこ、笑うところですか？　面白いところなんてどこにもないですよ？」

フィーネは心外だったので、ほんの少し気を悪くした。


その後いくつかの測定機にかけられた後、フィーネはノアに解放された。

「これは、いったい何の実験ですか？」

お茶を飲んで、椅子に座ったまま測定機にかけられただけなので、何の負担もなかった。彼の実験棟を見学して、ただ高級な茶菓子をつまんだだけという感じ。

「今はまだ推測の域を出ない。はっきりわかったら伝える」

ノアは研究者らしく慎重なようだ。しかし、フィーネにしてもノアの研究にそれほど興味がなかった。

そんなことより気になるのはこれからの住みかだ。

「ノア様、私は実験体の身なので、いつまでもあのような豪華なゲストルームにいるわけにはいきません。お部屋を移っても構いませんか？」

「ああ、好きなところに移るといい。部屋はいくつも空いている」

そう言う彼は測定結果に見入っていて、フィーネを振り返ることもない。

ノアは、慣れた様子で棚から、乾燥させた薬草を取り出し、ビーカーをセットし始めた。研究に集中しているのだろう。

フィーネは彼の邪魔にならないように実験室を後にした。


フィーネは実験棟から城に戻ると、豪華な客室でのんびりと一日を過ごした。

その後も時々何かの数値を測りに、あの実験棟に連れていかれるだけで、次の日もあくる日もやることがまったくなく、フィーネにはおいしい食事と高価なポーションが与えられた。

マーサとロイドが言うには、ノアは一度研究に没頭してしまうと、実験棟から出てこないそうだ。

ここへ来る前は実家にささやかな仕返しをして、世をはかなみながら野垂れ死にするシナリオしか思い描いていなかったフィーネだが、今は日がな一日世話をされ、何もやることがない。

なんだか段々とこの贅沢な生活をむずがゆく感じるようになってきた。実家ではこれほど大切に扱われたことはないし、自分のことはすべて自分でやって来た。

それに、よくよく考えると、ノアはハウゼン家の被害者のようなものだ。

彼はハウゼン家の家族の揉めごとに巻き込まれ、ミュゲと偽ったフィーネを押し付けられている。

そのうえ、フィーネを追い出さないということは、ハウゼン家の資金援助をするつもりなのだろう。フィーネは悶々とした。

「ああ、私がノア様の魅力的な実験体でなければ……」

そうは思うものの、いまさら実家への復讐を考えるには、ここでの生活は快適すぎる。

きっとミュゲは、シュタイン領でこんな至れり尽くせりの生活が送れるとは露ほども思っていなかっただろう。それだけでも『ざまあ、見ろ』だと、自分に言い聞かせ、納得させるしかなかった。

「でも、やっぱり、もやっとするわ」

フィーネは独りごちた。

ノアは、フィーネには実験体として価値があるというが、実際には実験棟に行っても彼の指示通りに測定機に手をかざすだけだ。ノアが数値を測りデータを取っている横で、フィーネはロイドの淹れた最高級のお茶を飲み、おいしいフィナンシェや生クリームののった絶品なシフォンケーキを楽しむ。

フィーネからしてみれば家族は許せない存在であるが、ノアからすればフィーネもその家族も同じようなものだろう。よくよく考えてみれば、彼に家族への復讐を頼むなど筋違いもいいところだ。

だから、やはりこの好待遇は申し訳ないと思う。

ノアも実験棟から帰ってこないことだし、高価なポーションのお陰で、フィーネはすこぶる体調もいい。

よって彼女は、豪華なゲストルームから引っ越すことにした。

幸いここには使われていない小屋がいくつかある。誰の手も煩わせることなく、一人暮らしをするのもいいかもしれない。人生初の暇を持て余し、ここにきて体調のよくなったフィーネはさっそく計画を立て始めた。

閑話　第二王子エドモンド1

エドモンドは王宮の執務室で、久しぶりにノアが魔塔に戻ってきたと知らせを受けた。

しかし、旧知の仲であるノアは魔塔の研究室にこもったきりで、エドモンドの前に顔も出さない。

王都へ戻ったというのに挨拶にも来ない幼馴染に、エドモンドはさっそく自ら会いにいくことにした。

魔塔の研究室では、ノアの助手を務めているアダムが笑顔で出迎えてくれた。いつもエドモンドに、ノアの到着を知らせてくれるのは彼である。

アダムはノアの熱狂的な信奉者で、ノアが研究室に長時間こもることがあっても嬉々として実験に付き合っている熱意あふれる研究者だ。

アダムの郷里は毎年水害に苦しめられてきたが、ノアが学生時代に作製した魔導具のお陰で水害がなくなったらしい。以来、アダムはノアを「恩人」とも「恩師」とも呼び、魔導学園のころから慕っている。実際には、二人の年の差は二歳くらいしかない。

そしてノアの周りには「ノア様のポーションのお陰で家族が救われました」「魔導具のお陰で村の作物が守られました」などという信奉者が国中から集まってくる。そのお陰で彼の研究室は、魔塔で一番人気があり、毎年志望者であふれかえっていた。

王都では最近おかしな噂が流されているが、大陸中にはいい意味でノア・シュタイン公爵の名前は轟いている。

ただノアにその自覚はなく、興味も示さない。残念なことに彼の頭の中は、名声よりも研究でいっぱいなのだ。

「ノア、研究ばかりしていないで、たまには外に出たらどうだ。せっかくだ、息抜きに出かけないか？」

書物に集中しているノアに声をかけると、彼は初めて顔を上げた。今エドモンドの存在に気づいたようだ。彼の集中力は並の人間とは違う。放っておくと寝食を忘れることすらあるほどだ。

「これは殿下、お久しぶりです。しかし、悪趣味な舞踏会はお断りです。若いご令嬢が、酔漢にからまれていましたよ」

ノアは人目があるせいか口調だけは丁寧だ。だが、不愛想なのは変わらない。

「ああ、あそこは管理が甘かったな。次は別のを考えよう。ところで、ここの研究室では客にお茶の一つも出さないのか？」

するとアダムが慌てたように、茶の準備をしようとする。

「アダム、茶の準備は俺がする。今日はもう帰っていいぞ」

ノアが指示を出す。

「あの、しかしお毒見は？」

エドモンドは単身研究室に入ってきたのだ。護衛は機密漏洩防止のため、研究室の外で待機している。王族といえども例外はなく、魔塔のセキュリティは徹底していた。

「ああ、俺がやるから問題ない」

「ええ！　問題ありですよ。もし、ノア様になにかあったら、この研究室はどうなるんですか！」

アダムが目をむいて、ノアに抗議する。

「お前が引き継げばいいだろ？」

「無茶言わないでくださいよ！」

あっさりと返すノアに、アダムが大袈裟に嘆く。アダムはノアが見込んだだけあって優秀な研究者ではあるが、ノア同様変わっているなとエドモンドは思う。

「何かあっても問題ない。ここにはあらゆる毒に対応できるだけの毒消しがそろっている」

「いえ、だから、その毒消しの処方を誰がするのですか？」

「俺だ。数々の実験で毒には強いから問題ない」

「どうしてご自分で治験するのですか！　僕を使ってください！」

「ああ、その時が来たらぜひ頼む」

そう言って、心配そうな顔をするアダムをノアは追い払う。彼は名残惜しそうに去っていった。

「ずいぶん懐かれているんだな」

「今のところ、この研究室で一番信用できるし優秀だ。俺に何かあったら、彼を頼ってくれ」

エドモンドと二人になるとノアはフードを脱いだ。子供のころからの仲だ。二人きりになるとノアはありのままを見せる。

彼はさっそくエドモンドのために、ロートとビーカーを使いコーヒーを淹れ始めた。

確かにエドモンドは紅茶よりもコーヒーを好んで飲む。そしてノアも最上級の豆を使っているが。

「おいおい、そんなもので淹れて衛生上問題はないのか？　そもそもカップではないだろう？」

「問題ない。毒見は俺がやるし、実験室にある機材は王宮にある食器よりもずっと衛生的で、消毒が行きとどいている」

ノアが心外だという表情をする。

「いや、しかし、その分コーヒーの風味が損なわれるような気がするのだが」

「おかしなことを言うのだな。何で淹れようがコーヒーの成分など変わらんだろう？」

首を傾げてノアが問う。

「はあ、おかしいのはお前だろ。風情を理解しない者はこれだからな。ノアは女性にもビーカーやフラスコでコーヒーを出すのか？」

「まさか。うちの執事はコーヒーも紅茶も淹れるのが上手い。この国随一といってもいい。彼にやらせるさ」

ふとエドモンドはいぶかしく思う。

「なんだか、具体的に相手がいそうな言い方だな」

「ああ、いま、ちょっと風変わりな女性がうちに来ている」

ノアがあっさりと認める。

「は？　女性が、お前の家にいるだと？　うちってどこだ。タウンハウスか？　領地か？」

驚きに目を見開き、矢継ぎ早に質問をするエドモンドを前に、ノアがあきれたように嘆息する。

「それほど驚くことでもないだろう。金に困った貴族がわざわざうちの領地まで娘を送り付けてきたんだ」

しかし、エドモンドは納得がいかない。

「お前ならば、それでも平気で追い返すだろう？　なぜ今回はそうしない」

もしかしたら、ノアはその女性が気に入っているのではとエドモンドは勘ぐった。

「仕方がないだろう。余命が半年もないのだから。追い返したりしたら、帰路で命を落としてしまう」

エドモンドが軽く眉間にしわを寄せる。

「余命半年だと？　どういうことだ」

「ハウゼン家の娘だ。何か噂を聞いていないか？」

「ハウゼンというと代々赤毛の魔力持ちの家系か？」

「ほう、有名なのか？　来たのは白金のご令嬢で、無理やり赤毛に染められたと、うちの玄関先でたいそうご立腹だった」

それを聞いたエドモンドはうっかり噴き出してしまう。じろりとノアににらまれているのを感じて、慌てて笑いをおさめた。

「すまない。あまりに突拍子のない話で、笑い事ではないな」

即座に表情を引き締める。

「ああ、本当に。ミュゲとかいう姉の身代わりにされたと言っていた。なんでも父親が家業を売り払ってまで始めた投資に失敗したらしい」

「ハウゼンといえば、つい最近まで質の良い石鹸を流通させていた一族だな。ずいぶんと惨い真似をする。それでお前はハウゼン卿を訴えるのか？」

「いや、今のところは騙されたふりをしている。その娘がまたとない実験体なんだ。魔力なしにもかかわらず魔力枯渇症になったというから、調べてみたところ無属性の魔力を持っていた。実に興味深い」

淡々とノアが答える。

付き合いが長いエドモンドは、ノアが彼女に同情しているのだとわかった。彼の研究は多岐にわたっているが、主に薬や魔導具の開発だ。無属性を専門に研究しているわけではない。

「死に水をとってやるつもりか？」

「……我が領が気に入ったようだ。仕方がないだろう」

面倒くさそうに言う友人は、変わらず優しい男だった。ハウゼン家に白金の髪を持つ魔力なしの隠された娘がいるという話は、聞いたことがある。

珍しい無属性ということは、国の簡易検査で引っ掛からなかったのだろう。そして、魔力なしとして生きてきた。

彼女はきっと家族に捨てられた、というより売られたのだ。それも余命半年で。エドモンドは彼女を気の毒に思った。

第五章　フィーネのスローライフ

「フィーネ様、なにゆえ、そちらへ？」

「そうですよ。どうか屋敷にお戻りくださいませ」

ロイドとマーサが慌てて止めたが、フィーネの腹は決まっていた。

「大丈夫です。どこに住んでもよいと、ノア様に許可をもらっております。どうか私のことは気にしないでください。皆さんにあまりご迷惑をおかけしたくないので」

フィーネの嘘偽りのない本音だった。

ロイドが淹れるお茶は最高においしいし、マーサも献身的に世話をしてくれた。そのお陰で今は家の周りだけなら散歩もできる。

しかし、彼らにも仕事があるのだから、いつまでも世話になっているわけにはいかなかった。

フィーネは今のところ、実験体という名の居候《いそうろう》のようなものだ。体が動くようになったので、彼女は来る時に馬車から見えた小屋に引っ越すことにした。

ノアのくれるポーションのお陰で、咳も吐血も減り、久しぶりに体が軽く感じる。

フィーネは朝食後、実家から持ってきた少ない荷物をカバンにまとめて小屋に移ると、さっそく小屋の掃除を始めた。少し動いただけで息は上がるが、もともと体を動かすことは好きなので、気分が悪くなったり、吐血したりということもなかった。

それに、小屋は長く使われていないと聞いていたが、きちんと管理されていて埃だらけということもなく、すぐに住環境は整った。

面倒見がよく、世話好きな使用人たちが、新しいシーツやタオルを持ってきてくれる。

「わざわざすみません。ありがとうございます」

ノアに雇われているという点では、彼らと同じ立場なので、フィーネは丁寧に礼を言う。

「フィーネ様、お食事はこちらにお運びしますね」

親切な申し出だが、彼らの手を煩わせるのは心苦しく感じる。

「いいえ、大丈夫です。領主館に食べに行きますから。本当に私のことは心配しないでください」

フィーネはそう言ってにっこりと微笑んだ。


こぢんまりとした木造の小屋は、祖母と暮らしたカントリーハウスを彷彿《ほうふつ》とさせる素朴な作りで、城の豪華な客間よりずっと落ち着いた。窓からはさんさんと日が降り注ぎ、目の前の新緑が目に染みる。

こんなふうに自由に一人で暮らすことに憧れがあったのかもしれないと、フィーネは改めて実感していた。

早速肩にショールをはおり、広い庭を散策し始める。木の生い茂る小道を歩いていると、そよそよと風がふき木漏れ日が揺れ、近くから鳥のさえずりが聞こえてきた。今度はパンくずを持ってきて小鳥に餌をやろうとフィーネはうきうきとしながら計画を立てる。

ほんのりと水気を含む柔らかい土の上をしばらく歩いていくと、ぱっと道が開け花畑が広がっていた。野生のヒヤシンスが群生している。その先にはきらきらと輝く湖が見える。

「すごい！　素晴らしいわ！」

走り出したい衝動にかられたが、さすがにそれは苦しかったのであきらめた。

湖畔まで行きたかったが、ここからだと距離がある。フィーネの体力では無理だ。のんびりと美しい景色を眺めた後、フィーネは群生するヒヤシンスを摘んで小屋に帰り、早速部屋に飾りつけた。

屋敷の周りにはフィーネの知らない様々な植物があった。ふと野の花の名前を知りたいと思う。

古城である領主館には、書庫もあるだろう。植物図鑑を探してみようかと思いついた。

明日、ロイドに聞いてみよう。フィーネは心の中にそうメモをした。

「死ぬ前にこんな快適な生活が送れるなんて思ってもみなかったわ」

フィーネはその晩、特に食欲もわかなかったので、ノアからもらったポーションを飲んで眠ることにした。

散歩で体を動かしたせいか、すっと深い眠りに落ちていった。


翌朝、カーテンを開ける音でフィーネは目覚めた。

「フィーネ様、おはようございます。お加減はいかがですか?」

心配そうにマーサがのぞき込む。

「マーサさん、おはようございます。あら?」

フィーネはゆっくりと起き上がって驚いた。夢でも見ていたのだろうか。いつもの豪華なゲストルームで寝ていた。昨日は確か小屋で眠りについたはずなのにと、夢うつつで記憶が混乱する。

「私、どうして、こちらで寝ているのでしょう?」

キョトンとした様子でフィーネが尋ねる。

「フィーネ様が、あの小屋に引っ越したと聞いてご主人様が慌てて、城まで連れて帰ってきたのですよ」

困ったように眉尻を下げ、微笑みながらマーサが言う。

「ええ!」

フィーネはびっくりした。

「あの小屋を使ってはまずかったでしょうか？」

「そうではなく、夕食を召し上がらないフィーネ様が心配になったそうです」

「まあ、そうだったんですか」

ノアの親切に驚いた。

「フィーネ様は、昨夜ご主人様に運ばれこちらの寝室に」

「それは、ご迷惑をおかけしてしまいました。あら、でも、どうして私、目を覚まさなかったんでしょう？」

頬を赤く染めるフィーネを見て、マーサがふっと悲しそうにため息をつく。

「フィーネ様はお眠りになっていたのではなく、気絶されていたようです。私どもがお止めしていればこのようなことにはならなかったのに」

「まあ！」

迷惑をかけないつもりが、逆にとんでもなく迷惑になってしまった。

小屋での生活は楽しそうだったが、フィーネは早々にあきらめることにした。

死期を悟れば森に消えるなどと言っていたが、その方面の直感はまったく働かないようだ。

その後、運ばれてきた朝食の粥を食べていると、部屋にノックの音が響いた。

「ご主人様が、いらっしゃったようです」

そう言って、マーサがフィーネにガウンを着せ、肩にショールをかける。

ほどなくして、不機嫌な様子のノアが入ってきた。

「お前は目の届くところにいろと、最初に言わなかったか」

声は静かだが、彼が怒っているのが伝わってくる。

「すみません。あまりにもこちらの生活が贅沢で申し訳なくて」

「は？」

「私は何もしていないのに、おいしい食事やお茶を用意していただいて。実家は詐欺のような真似をしたのに申し訳なくて。よくよく考えてみたら、一番の被害者はノア様ですよね」

冷静になってみると、玄関先で実家に復讐したいなどと言って、洗いざらいぶちまげて、騒ぎ立てた自分も十分迷惑をかけていると思う。

「これが贅沢なのか？　別に貴族として普通の生活だろう。伯爵家でもこれが普通なのではないか？」

ノアが訝しそうに首を傾げる。

「いいえ、私は病で臥せるまで、身の回りのことは自分でしていましたし、父の手伝いをして忙しく過ごしていました」

「なんだ、それは？　普通、伯爵令嬢といえば噂話に茶会に夜会、日がな一日遊んですごすものだろう」

「それは偏見です」

思わず笑みが漏れた。ミュゲが聞いたら怒り出すだろう。ミュゲによると社交はフィーネではとても務まらないほど、大変なのだそうだ。

「では、お前の兄姉も働いていたのか？」

「お兄様は、留学していました。姉は社交に忙しく、妹は幼いので茶会に時々参加していましたね」

「お前はその間何をしていた」

「父の仕事の手伝いです」

ノアは眉をひそめた。

「いろいろとおかしいところはあるが。まあいい、俺の話を聞け」

彼の説明によると、ここのところフィーネの調子がよかったのは、だらだらとした生活のお陰であるので、ほんの少し食事やポーションを抜くと昨夜みたいに眠るように意識を失うらしい。

その後軽くお説教された。

「あの、ノア様、ご迷惑をかけたことは申し訳ありませんが、ノア様が好きな場所に住んでもいいとおっしゃっていたのですよ」

「何の話だ？」

ノアが不機嫌そうな声を出す。

「実験棟で私の測定が終わった後、おっしゃったではないですか」

彼は困惑したように眉をひそめる。

「は？　まったく覚えがないのだが。とにかく、俺は研究に夢中になると何も聞こえなくなる。だから、言いたいことがある時は実験棟以外で話してくれ」

「ノア様が実験棟から出てくることはあるのですか？　めったにないように思います」

そう言ってフィーネは首を傾げた。

「わかった。それではこうしよう。一日一回は、俺とお前は一緒に食事をとる。話したいことがあるなら、その時にしてくれ」

ここへ来てから、ノアと食事をともしたことはなかった。食堂へ降りることもなく、食事もマーサが部屋に運んでくれていた。

「それは一緒に食堂でということですか？」

「そうだ。それがつらければ、ここでもいい」

屋敷の主人の命令だ。実験体であるフィーネは聞かないわけにいかない。

「承知しました」

「それと測定結果が出た。お前の魔力属性がわかったぞ」

「はい？　魔力属性ですか？」

過去に魔力なしと判定されているので、魔力と聞いてもピンとこない。

「無属性だ」

「ムゾクセイ？　なんですか、それ？　属性は確か、火、水、土に分かれているのではないですか？」

聞いたことのない言葉に、フィーネはキョトンとした。

「驚いたな。本当に魔力に関しては七歳児なみの知識しかないのだな。属性はもっと多岐にわたり、細分化されている」

あきれたようにノアが言う。

「魔力なしだと聞いて以来、魔導に関することには触れてこなかったので」

フィーネは魔力なしの事実がつらくて、極力魔導に関することには触れないようにしてきたのだ。

「まあ、いい。とにかくお前の属性は特殊なもので、まだ研究もたいして進んでいない。そのうえ、簡易式の魔力検査では観測されない。よって非常に貴重なサンプルだ」

ノアがほんの少し興奮気味に言う。この様子なら、死ぬまでここに置いてもらえそうだ。存外居心地がよかったので、フィーネは嬉しく思う。

「よかったです。半年間よろしくお願いします」

にっこり笑って頭を下げると、ノアがふいっと顔をそむけた。

「とにかく、お前は大事な実験体だから、絶対に無茶はするな。何かする時には必ず、俺に聞いてからだ」

それはさすがに窮屈に感じる。フィーネは困ったように眉尻を下げた。

「お散歩もですか？」

「まあ、散歩くらいはいいが、一人はだめだ。必ず使用人を連れていけ。それと、時間がある時は俺が付き合ってやる」

「え？」

フィーネが驚きに目を見開くと、ノアは咳払いを一つした。

「俺は研究に詰まるとよく湖畔を散歩する」

「本当ですか！　その時はぜひご一緒させてください」

それから、フィーネはここの植生についてノアを質問攻めにした。

その結果、体調に無理のない程度で、屋敷の書庫への出入りを許可されたのだった。

フィーネはここに来てからというもの、とても快適な日々を送っている。

実家では味わえなかった穏やかな生活がここにはあった。

昼食がすむと、フィーネは早速領主館の一階にある書庫に向かった。中にはたくさんの蔵書がり、迷ってしまいそうなほど広い。そこをロイドに案内してもらい無事に植物図鑑をいくつか見つけた。

フィーネが植物図鑑を借り部屋で読みふけっていると、マーサが夕食の時間だと知らせにきた。

ノアと初めて食事をとるため、フィーネは二階にある客間から一階の食堂へ降りていく。

いつもマーサが食事を運んできてくれていたので、この城の食堂には初めて入った。とても大きく天井も高い。クリスタルのシャンデリアが二つも並んで付いている。

窓は大きくとってあり、暮れなずむ湖畔の景色が眺められる。

長方形の大きなテーブルには、魔法灯ではなく蝋燭がいくつも灯されていた。魔法灯より、ずっと趣がある。

フィーネが食堂の壮麗さと、外の景色の美しさに見とれていると、ほどなくしてローブを目深にかぶったノアが入ってきた。

それを待っていたかのように、前菜が運ばれてくる。

「ここの食堂は本当に素敵ですね」

素直な感想をフィーネが口にすれば、ノアはそっけなく頷いただけだった。

「俺は子供のころから見ている景色だから、なんとも思わん」

ノアは意外に綺麗な所作でフォークやナイフを操るが、フードをとる気配はない。

「ところで、ノア様。なぜお食事中にフードをかぶってらっしゃるのです？」

「ん？　俺の顔を見てお前が食欲をなくすと困るからな」

とんでもないことをさらりとした口調で言う。

「そんなわけないです。フードをかぶったままでは食べにくそうですし、お気になさらないでください。というか私はまったく気になりません」

「そうか、わかった」

フィーネの剣幕に押されたように彼はフードを外す。初めて見た時、びっくりして気絶してしまったのが悪かったのだろう。彼に余計な気を使わせてしまった。

「ここに着いた時は、体調も最悪で……。それで気を失ったのです。ノア様のせいではありません」

彼はフィーネの言葉に頷くと鹿肉を切り分け、口に運んだ。ノアは特別しゃべるわけでもないのに気まずさはなく、食堂に流れる空気は緩やかで、彼と二人で食事をすることによって不思議とフィーネの食欲は増した。

実家のぎすぎすとした食事風景とはずいぶんと違う。ここでは時間がゆったりと流れていく。

ノアは食後にフィーネにポーションを渡すと、彼女が飲み終わるまで見守っていた。

やがてそれは二人の間で習慣化していった。

早朝、フィーネは鳥のさえずりで目覚めた。

その日は珍しく朝から食欲もあり体調もよかったので、呼ばれる前に二階のゲストルームから一階の食堂へ降りていく。使用人たちによると、朝早くからノアは実験棟にある研究室にこもっているという。

今日もフィーネにはやることがないようだ。

後はティータイムを待つばかり。だが、それでは時間がもったいない気がする。フィーネはふと祖母と作ったスフレの味を思い出した。すると無性に食べたくなる。

「そうだ。ここで作ってみようかしら」

フィーネはにんまりと微笑むと、さっそく部屋を出て城の一階にある厨房をのぞきにいった。

ハウゼン家の領地では祖母や使用人たちと料理を作ったり、時には食卓を囲んだりすることもあったのに、王都のハウゼン家では厨房へは立ち入り禁止だった。使用人のスペースと厳格に区切られていて、彼らとはとても距離が遠かった。

しかし、ここではフィーネもノアに雇われている身だ。

フィーネは料理人のハンスに挨拶をして、仕事の邪魔はしないから厨房の片隅を借りたいとお願いした。

「あの、何か召し上がりたいものがありましたら、お作りしますが？」

まだ若いハンスは戸惑っているようだ。

「祖母と作ったスフレが食べたいのです」

「スフレですか？」

ハンスが不思議そうな顔をする。よくよく聞いてみると、この地方ではあまり一般的な食べ物ではないようで、逆にどのようなものかと聞かれてしまった。

そこでフィーネは実演することにした。

ボールや鍋を借りて、卵に薄力粉、バター、砂糖、ミルクをもらう。

祖母に教わった手順通り、まずは卵を黄身と白身に分けて、カスタード作りから始めることにした。

卵黄に砂糖を混ぜ合わせ、小麦粉を篩い入れる。温かいミルクを入れかき混ぜ、火にかけて、さらにかき混ぜカスタードを作る。ここまでは体力のないフィーネにもこなせた。

問題はカスタードの粗熱をとっている間に作るメレンゲだ。

「フィーネ様、泡だて器なら便利なものがありますよ。ご主人様が我々のために作ってくださったんです」

ハンスがそう言って、いそいそと不思議な石がはめ込まれた透明のキューブ型の箱を棚からとり出す。

「何ですか、それ？」

「泡だて器の魔導具ですよ」

ハンスが卵の白身を流し込み、ふたをする。かたかたと音がすると同時に白身の撹拌が始まった。

そしてあっという間にメレンゲが出来上がる。

「すごいです！　驚きました。こんなに短時間で、メレンゲが簡単にできるんですね。これ市場には出回っていないのですか？」

初めて見たフィーネはびっくりした。

「一般の家では無理だと思います。魔石を使っているので高価なんですよ」

「ずいぶん貴重なものなのですね。でもこれがあれば、好きな時に好きなだけスフレが作れそうです」

フィーネは嬉しくなった。

子供の頃は腕が疲れたと言いながら、祖母とゆっくり会話を楽しみメレンゲを作った覚えがある。

フィーネはメレンゲとカスタードを混ぜ合わせ、バターを塗った容器に流し込む。

あとはオーブンで焼くだけだが、フィーネはここのオーブンの癖を知らない。焦げないといいのだが、と思いつつオーブンを貸してもらう。

すると驚いたことにオーブンは前面がガラス張りになっていて、焼き加減が見えるようになっていた。

「すごいんですね！」

フィーネは目を丸くした。これなら焦がすことなく、上手に焼ける。なによりスフレはオーブンを途中で開けてしまうとしぼんでしまうのだ。

「これもご主人様の発明です」

ハンスが自慢げに胸を張る。

「このような便利なものも発明できるなんて、ノア様は本当に天才なのですね」

彼が作る物は魔力測定器やポーションだけではなく、多岐にわたっているようだ。

「ええ、おかげさまで、この人数でお屋敷をまわせます。まだまだたくさんご主人様のお作りになった魔道具はございますよ。本当にお掃除とかお洗濯とかも楽なのです」

マーサも嬉しそうに頷いた。

気づくとフィーネを囲む使用人たちが増えていた。皆、彼女が何を作っているのかと興味津々で集まってきたのだ。

フィーネはスフレが焼きあがるのを確認してオーブンを開ける。その甘い匂いに歓声が上がった。

「こんなに簡単に作れるなら、大量生産できそうね」

フィーネはまずハンスとマーサに試食をしてもらい、お墨付きをもらうと、物珍しさに集まってきた使用人たちにも振る舞うために、また作り始めた。


実験が一段落して、ノアが実験棟から城に戻るころには日も暮れかけていた。

いつもの癖ですっかり実験に熱中してしまったが、少しフィーネの様子が気がかりだ。彼女とは一日に一回は食事を共にすると約束している。

それにフィーネは意外に行動的で、ちょっと体調がいいとすぐに散歩やら、何やらと立ち歩く。

案の定、彼女の部屋に様子を見に行くといなかった。

「フィーネは今、どこにいる」

ノアがロイドに尋ねると、彼は少し困惑したような表情を浮かべる。

「それが……ただいま、フィーネ様は厨房に」

「は？　なぜ、俺の実験体がそんな場所にいる」

ノアが大きく目を見張る。

「フィーネ様が、スフレという焼き菓子を作るということで」

普段は無表情なロイドがどこか楽しげに言う。

「スフレだと？」

フィーネが来てからというもの、静かだった城の雰囲気が変わっていった。

最近では、使用人たちまでフィーネのペースに乗せられてきている。

彼女の体はポーションのお陰でだいぶ持ち直してきたとはいえ、余命半年の病人であることには変わりはないのだ。

心配になったノアは、さっそく厨房にフィーネの様子を見に行く。厨房に近付くにつれ、いつになく賑やかな話し声が聞こえてきた。

中をのぞくと、フィーネはマーサやハンスと楽しげにオーブンからふわふわの焼き菓子を取り出している。その周りをさらに使用人たちが物珍しげに、取り囲んでいた。

この和気あいあいとした光景は何なのだとノアは唖然とした。

おそらくフィーネが取り出した膨らんだパンケーキのようなものが、スフレなのだろう。

厨房には甘い香りが漂っていて、静かな城の中でそこだけが華やいでいる。

「フィーネ、何をしている」

ノアが声をかけると、彼女が振り返る。ノアと目が合った瞬間、彼女はパッと花開いたよう笑顔を浮かべる。一瞬フィーネを眩しく感じて、ノアは目をこすった。

どうやら実験で根を詰めすぎて、だいぶ疲れているようだ。

「ノア様、ちょうどよいタイミングです！　おやつにスフレはいかがですか？」

「は？　もうおやつという時間ではないだろう？」

しかし、嬉しそうに頬を上気させたフィーネは、ノアの言葉をさらりと聞き流す。

「これを見てください！　ノア様の便利な魔導具のお陰であっという間にできてしまいました。とてもおいしいのですよ。ぜひ召し上がってみてください。ロイドさんの分もあります。いつもおいしい紅茶をありがとうございます」

ロイドはそう言われて、そそくさと皆のために茶の準備を始めた。

「ノア様の分はサロンか、食堂にお持ちしますね」

「そんな大げさなことはしなくていい。ちょうど腹が減っていた。ここで食べる」

そう言って、ノアは使用人専用の厨房兼食堂の椅子に腰を下ろしたので、フィーネはびっくりして目を丸くする。

「さあ、フィーネ様」

フィーネはマーサに促され、ノアのもとに出来立てのスフレを持っていく。

ノアはともすると寝食を忘れて実験に没頭するタイプなので、あまり菓子を食べない。少食というわけではないが、面倒なのでたいていは最低限の食事だけで済ませてしまう。

だが、貴族令嬢であるフィーネが作ったスフレには興味があった。

「どうぞ」

ニコニコとしながら、フィーネがノアの前にアツアツのスフレを置く。

ノアはフワフワに膨らんだ生地にスプーンを入れる。一口含むとそれは淡雪のように口の中で溶けた。

「なんだ。これは！」

「え？　お口に合いませんでしたか？」

フィーネが慌てる。

「いや、うまい。初めて食べる味で驚いた。パンケーキやマフィンのようで、そのどちらでもない」

「祖母、直伝のスフレなんです」

嬉しそうにフィーネが答えた。

「お前の祖母は貴族ではないのか？」

「貴族です。でも料理が好きで領地経営の傍ら、時々作っていました。祖母は息抜きだと言っていました。私もその時、いくつかお菓子の作り方を教わったんです」

ノアは凝った焼き菓子や、フルーツのタルトなどは時々食べることもあるが、スフレのような素朴なものは初めてだった。

「私、パンケーキも作れるんですよ」

「まあ、パンケーキですか。私も大好きです」

マーサが嬉しそうに顔をほころばせた。

「たっぷりのバターにメープルシロップをかけるとおいしいですよね。でも、メープルシロップって高いんです」

フィーネが少し残念そうに眉尻を下げる。

「何を言っている、この領ならばそこかしこにシロップが採れるカエデがあるぞ」

「本当ですか！」

ノアの言葉にフィーネの瞳が輝いた。ノアはフィーネのくるくる変わる表情を不思議な気分でながめた。彼女はそんな些細なことで、とても幸せそうな笑顔を見せる。

「パンケーキを作って、好きなだけシロップをかけるといい。だが、無理はするなよ。この城にはちゃんと料理人がいるのだから」

ノアがちらりとハンスを見ると、彼は慌ててしゃきっと背筋を伸ばした。フィーネはノアの言葉に嬉しそうに頷いた。

ふいにフィーネとノアの瞳がかちりと合う。

まるでパンケーキを作るのが楽しみでたまらないというように、無邪気に微笑む彼女の新緑色の瞳は、吸い込まれそうなほど美しい色をしていた。

ノアは目をこすってもう一度見たが、彼女の瞳は美しいままだった。


余命が半年で家族に捨てられたというのに、悲観することもなく周りを明るくするフィーネは、風変わりだが尊敬に値する女性だと、この時ノアは思った。

領主館でもあるこの城はフィーネにとってとても居心地のよい場所だった。

第一に人が皆、優しい。フィーネの余命が短いこともあるのだろうが、それにしては同情したふうもなく、明るい笑顔で接してくれる。すがすがしい人たちばかりだ。

実家ではこんな気持ちは味わえなかった。皆がフィーネを見て見ぬふりをし、時おり咎めるような視線を送ってくるので、いつしか彼女は萎縮してしまい、父の執務を手伝う以外は自室から出ることもなくなっていた。

特にフィーネに懐いていたマギーが離れていった時は悲しかった。

そのうえ、一緒に父の執務を手伝っていた秘書も馘にされ、仕事をフォローしてくれていた執事もフィーネが寝込みがちになってから、体調不良を訴えやめてしまった。それもこれもドノバンの人使いの粗さとプライドの高さが原因だとフィーネは思っている。それに比べ、ノアは口調こそぶっきらぼうなものの、誰に対しても公平で紳士的だ。使用人も皆代々勤めている古参の者ばかりだという。

シュタイン城での幸せな生活の中で、フィーネは時おり祖母の言葉を思い出す。

『フィーネ、人を判断する一番簡単な方法は、その人の言葉を聞くのではなく、行動を見ることよ。そうすれば、おのずと本性が知れるわ』

小さな頃はよくわからなかったけれど、成長するにつれ、祖母の言葉の重みを感じるようになってきていた。

家族から冷たい仕打ちを受け、フィーネは父母に問うたことがある。

『私は、この家で、愛されていないの？　いらない子なの？』

フィーネはデイジーに泣きついた。

『フィーネ、自分の子供を愛さない親などいるわけがないわ！』

『そうだよ、フィーネ。お前は私たちの大事な娘だ』

父母は確かにそう言った。だから、フィーネはその言葉に縋りついた。

しかし、彼らは病気のフィーネを顧みず、そればかりか片道ひと月もかかる公爵家に送り付けた。

言葉ではなく、行動を見るのならば、家族に愛されていなかったのは明白だ。

フィーネは今幸せの中にあって、そんなことを思い出しふいに涙ぐむ。

「フィーネ様、どうされました。どこか具合でも悪いのですか」

気が付くとそばでマーサが気づかわしげにフィーネをのぞき込み、まるで庇うように彼女のか細い背に手を当てた。マーサはいつもフィーネを心配して寄り添ってくれる。声をかけ、行動で示してくれた。

「いえ、なんでもないの。大丈夫です」

『その人の行動を見なさい』という祖母の言葉がフィーネの中でリフレインする。ローズの言葉が正しいのならば。

（私はここで、皆に大切にされている）

「いつもありがとう。マーサさん」

そんな感謝の言葉が口をついて出た。

（ああ、本当に今の私は幸せだ）

そんな楽しくも穏やかな日々が続く中で、フィーネは再びノアに実験棟に連れていかれた。毎日彼の実験に付き合わされるわけではなく、フィーネを使って実験をしたい時だけ、実験棟に呼ばれるのだ。

実験室には、いつもロイドが茶と茶菓子を用意しておいてくれている。これほど実験体を大切に扱う彼に、なぜ王都でおかしな噂が立ったのかと、フィーネは不思議でたまらない。

フィーネが無機質な実験室の片隅に置かれた、場違いなほど優美なソファにゆったりと腰かけ、紅茶を飲んでいるとノアに声をかけられた。

「フィーネ、測定器を改良してみた。手をかざしてみてくれ」

ノアに指し示された水晶球に手をかざす。するとふわりと光が漏れた。

「フィーネ、何か感じるか？」

「なんとなくですが、手のひらが温かい気がします」

首を傾げなら答えるフィーネに、ノアは頷いた。

「少しだけ、魔力が戻ったようだ」

「不思議です。自分に魔力があるだなんて……」

いまさらだ。少し前のフィーネならば、狂喜乱舞していたかもしれない。

「ああ、だが、残念なことにお前の魔力は垂れ流しになっている」

「垂れ流し？」

「箍《たが》が外れたように常に外にあふれている」

「まあ、周りの人に害はないのですか？」

フィーネはノアの話を聞いて少し心配になった。

「微弱なものだから、害はない。害があるとしたら、お前にだ。ポーションをいくら飲んでも、魔力が蓄えられることはほとんどない。だから、魔力制御を覚えろ」

「魔力制御ですか？」

「そうだ。まずは体をめぐる魔力を意識しろ」

そう言われても、フィーネは訳がわからず戸惑うばかり。

「両手を出して」

指示されるままにフィーネは両手をノアの前に差し出す。するとノアはいつもしている手袋を脱いだ。右手にもひどい火傷の痕がある。

「この手で触れるけれど構わないか」

「はい、大丈夫です」

左手は温かく、火傷の痕で引きつれた右手はガサガサしていて少し引っ掛かりのある感触だった。

彼は不便を感じないのだろうかと、ふと思う。

「それじゃあ、今から魔力を送り込むから手に意識を集中してくれ」

「はい」

言われた通りにすると、手から少しずつ熱が腕に上ってきて、やがて体中が温かくなってきた。

「魔力が体をめぐっているのがわかるか？」

「はい、何だか体がポカポカします」

ノアがすっと手を離すと温かさが消えた。

「あっ」

喪失感に思わず小さな声が漏れた。

「今のが魔力の流れだ。これを感じることができるということは、お前に魔力があるという証明だ」

「魔力がないと何も感じられないのですか？　私の気のせいだということはないのですか？」

「ないな。お前は今俺の魔力に反応したんだ。以前お前の兄がかけた制約魔法にかからなかったと言っていただろう？」

ノアの言葉にフィーネはこくりと頷く。

「はい、なぜか不思議と魔法にはかかりません。あの時は逃げられないと思ったので、かかったふりはしましたけれど」

「それは魔力耐性があるからだ。それも相当強い。だから余計、簡易的な魔力測定器には反映されにくいんだ。まあ、お前の兄の魔法もしょぼいのだろう。ではフィーネもう一度、手を出して」

手を出すと卵くらいの大きさの黒く滑らかな石がのせられた。

「あのこれは？」

フィーネはしげしげと黒い石を見る。黒曜石のように艶があり美しく、ひんやりとしていてすべすべした質感だ。

「お前は俺の実験体だ。魔力のサンプルを取りたい。今からこの石に魔力を込めてみろ」

「え？　どうやってですか？」

フィーネは戸惑いを覚えた。

「今やったように体の中を魔力がめぐるイメージを持て。それをゆっくり石に注いでいくんだ」

「なかなか難しそうですが、やってみます」

フィーネが生真面目に頷く。

「難しく考えることはない。それから根を詰めなくていい、気長にやってみろ」

そう言うとノアはフィーネから離れ、薬瓶と薬草を取り出し、ビーカーをセットし始めた。どうやら別の実験を始めるようだ。

フィーネはゆったりとソファに腰かけたまま、ノアに言われた通り目をつぶり、ゆっくりと魔力が体をめぐるイメージを再現した。それを石に注いでいく、やがて石がポカポカと温まってきたような気がした。

「フィーネ。ストップ！」

ノアの鋭い声にびっくりして、フィーネは石を取り落としそうになった。

「まったく驚いたな。危険なくらい魔力の放出が早い」

石は磨き上げられた水晶のように透明になっていた。

「さっきは黒かったのに」

フィーネはびっくりしたように目を瞬いた。

「気分は悪くないか？」

大丈夫だと言ったのに、ノアがポーションを持ってきて、フィーネに飲ませた。すっと体が楽になる。

「あの、このポーションものすごく高価なものではないですか？」

前々から思っていたことをおずおずと切り出す。効き目が、以前使っていたポーションとは比較にならないのだ。

「問題ない。ポーションの開発は俺が手掛けている。材料はすべてそろっているから自給自足できるんだ」

さらりと言うノアを、フィーネは尊敬のまなざしで見た。彼が天才という噂だけは本当だ。

「ノア様ってすごいのですね」

「当たり前だ」

ノアは少し得意げに言うと、すぐに顔を引き締めた。

「次は、この石から自分の体に魔力を戻すんだ」

「え？　どうやって。それに私の魔力のサンプルをとるのではなかったのですか？」

「いいから、石を手に握り、まずはその温かさを感じるんだ。その温かさが自分の体に流れ込んでくるようにイメージしてみろ。今度は目を開いて石の変化を見逃すな」

ノアが見守る中でフィーネは言われた通りにした。しかし、石の色は少し曇って白くなっただけだった。

「今日はここまでにしておけ、部屋に戻っていいぞ。それからこの石はお前が持っているように。石から、魔力を戻す訓練はしていいが、魔力を流し込む訓練は絶対に一人でしないように」

ノアが真剣なまなざしでフィーネに言い聞かせる。

「はい、お約束はお守りします」

フィーネは神妙な面持ちで頷くと、ノアに願いを口にした。

「今日はこれから、湖畔にお散歩に行きたいのですがいいですか？」

「別に構わないが、一人では行くなよ。それから無理は禁物だ。疲れたら、我慢せずにすぐに周りに助けを求めろ」

ノアから許可が下りた。

「はい！　ついでにそこで軽く昼食にしようかと思っています。ノア様もお時間があったら、ぜひご一緒しませんか？　私、ピクニックってしたことなくて」

ノアは一瞬驚いたように目を見開いた後、おもむろに口を開く。

「うむ、時間があったらな」

心なしか頬を染めたノアはパッと身を翻すと、フィーネに背を向けビーカーの上にロートを設置し始めた。

フィーネはそれを見て、ノアもピクニックが好きなのかと思った。少なくとも喜んでくれているようでよかったと。

（ピクニック、楽しみだなあ）

昼食は庭でとりたいから、サンドイッチを包んでほしいと頼んである。

フィーネは残りのお茶を飲み干し、うきうきと席を立った。


その後、ノアは昼に気分転換のための散歩で、湖畔のほとりに出た。

「ノア様！」

フィーネが乱反射する湖面をバックにして、大きく手を振ってくる。

赤く染めていた髪も今では本来の美しい白金に戻り、日に透けるようにきらきらと輝く。

ここに来たばかりのころは青白かった彼女の頬にかすかな赤みがさしていた。

白いクロスが敷かれたガーデンテーブルには、サンドイッチ、フルーツ、スコーンなどが並べられている。

執事のロイドも、マーサも彼女のそばについてニコニコと微笑んでいた。ここの使用人たちは、皆フィーネに驚くほど過保護だ。何かあるたびに逐一ノアに報告に来る。

今日のピクニックもそうだ。ロイドがわざわざ「フィーネ様がとても楽しみにしています」と伝えに来た。行かないわけにはいかない。

それに子供の時分からピクニックの一つもしたことがないなど、不憫に思う。


その日から散歩の時間が合えば、二人は外で一緒に茶を飲み軽食をつまむようになった。

いつの間にかガーデンテーブルでの二人の定位置は決まり、湖と森を一望できるノアの左隣にフィーネが座る。

出来立てのまだ熱いスコーンを割り、ナイフでクロテッドクリームをたっぷりと塗りフィーネに渡す。

「うわ、贅沢ですね。実は私、クロテッドクリームが大好きなんです」

彼女はほんのりと頬を染めて礼を言う。

「お前はいつもちまちまのせるからな。それでは味がわからないだろう。あまり遠慮をするな。フィーネが食べられる量などたかが知れている」

フィーネは一口スコーンを食べると幸せそうに頬を緩ませた。

「焼きたての生地にクリームがじわりとしみ込んでいて、ものすごくおいしいです」

「いったい、今まで何を食べて生きてきたんだ」

あきれたようにノアが応じる。

「ふふ、ここの食事がおいしすぎるんですよ。なんだか私、どんどん欲張りになってきている気がします」

「どこかが欲張りなんだ?」

抜けるような青空の下、フィーネはきらきらと反射する湖面とその先に広がる森に目を向ける。

「こんな絵画のような美しい風景の中で、ピクニックをしたいっていう夢がかなうだなんて思っていませんでした。初めは一度で満足だ、なんて考えていたのに、何度もピクニックをしたくなってしまいました」

そう言ってフィーネは恥ずかしそうに微笑む。これほどささやかなことが夢だと言う人もいる。ただそのことに、ノアは痛みと感動を覚えた。

「お前の好きなだけ、何度でもピクニックをするがいい」

「ふふふ、それではお言葉に甘えて、そうさせていただきます。実家にいたころは、その日その日をやり過ごすことで精いっぱいで、やりたいって思えることもありませんでした。でも今は、体も軽くなったし、したいことがどんどん増えていく。そういえば、ノア様は魔導学園に通っていたん

ですよね？　学校ってどんなところですか？」

好奇心に輝く瞳をフィーネが向けてくる。だが、ノアには取り立てて話すようなことはなかった。

「施設はここより少し劣る。教師については個々人によってレベルが違うな」

フィーネは、ノアの言葉に噴き出した。

「そうじゃないですよ。夏休みは何をしたとか、友達とどんな話をしたとか。ランチはどう過ごすのかとか、そんな話が聞きたいです」

興味津々の様子でフィーネが身を乗り出してくる。

「休みは実験をしているか友人に連れられて、王都と回るくらいだった。それから、行きたくもない夜会に稀に引っ張り出される。俺は友達が少ない。だから、付き合いもほとんどなくて清々しているよ」

ノアがそう言うとフィーネは声を上げて笑った。

「私、友達一人もいないんですよ。でも人って欲深いものでね。一つ夢がかなうとまた一つ夢が増えていく。好きなことが増えるから、やりたいことも増える」

「お前は今、何をしたい。友達が欲しいのか？」

フィーネは首をゆるりと振る。

「今は魔導の勉強をしたいです」

「遊ぶのではなく、今度は勉強か？」

「私は魔力がないことでずっと家族に引け目を感じてきました。でもそれがあるとわかった今、いろいろと知りたいことが増えたんです」

そう言うフィーネの瞳はきらきらと輝いている。

「魔導書ならば、書庫に入門レベルからそろっている。何かわからないことがあれば、俺に聞くか、俺がいない時にはロイドに聞くといい。まあ、無属性に関しては研究が進んでいないから、資料は少ないが」

ノアの言葉に嬉しそうに頷くフィーネの美しい白金の髪を、森から吹いてくる爽やかな風がふわりと揺らした。

「人って欲深いものですね。最初は雨露がしのげればよかっただけなのに」

きらきらと輝く湖面を眩しげに見つめながら、フィーネがしみじみと口にする。

「お前に限っては違うと思うぞ?」

ピクニックがしたいとか植物図鑑が読みたいとかそんな些細なことばかりだ。

「ふふふ、見ていてください。ノア様にたくさんお願いしますから」

そう言ってフィーネが不敵な笑みを見せるが、顔立ちが愛らしいので何の迫力もない。

「たとえば、どんな?」

ノアはフィーネの願いに好奇心を抱いた。

「子供のころ、お祖母様とアップルパイを焼いていたら、お客様が来たんです」

突然変わる話題にノアはぽかんとした。

「それがどうかしたのか?」

「どうかしたかも何も、その方アイスクリームを持ってきたんですよ」

フィーネが一大事のように語る。

「そうしたら、お祖母様が『ちょうどよかったわ』って言いて、アツアツのアップルパイの上にアイスクリームを載せたんです。すると冷たくて甘いアイスクリームがじゅっと半分ほど溶けてパイ生地にしみ込んで、それはもうたとえられないほど、おいしい味に！」

そう言って彼女は顔をほころばせる。

何のことはない。やはりフィーネの願い事は驚くほど小さかった。アイスクリームの載ったアップルパイが食べたいと言われたら、かなえないわけにはいかない。

――もうすぐ死ぬのに、そんなことでいいのか……。

後日、お茶の時間にアイスクリームの載ったアップルパイを出してやれば、フィーネは飛び上がるほど喜んだ。

「わあ、ありがとうございます。もう一度食べてみたかったんです！」

時にはこちらがたじろいでしまうほど、あけすけに物を言う女性ではあるが、感謝の言葉は忘れない。

醜いとさげすまれているノアに、いつも明るく眩しい笑顔を向けてくる。

フィーネが健康で社交界に出ていたら、その無邪気な言動と美しさで無自覚に男性を振り回していたことだろう。

だが、彼女にはそんな機会が訪れることはないのだ。

フィーネは自分に魔力があることがわかって以来、魔導に興味を持つようになった。

しかし、ノアが言っていたように無属性は大変珍しいらしく、ほとんど資料がない。ノアは今の簡易式の魔力検査では無属性は魔力なしと出てしまうので、そのことにも問題があると言っていた。

ノアは研究熱心で、食堂で晩餐を共にする時も、フィーネに実家での様子を聞いてくる時がある。

「家族に魔力過多症の者はいなかったか？」

魔力過多とは、本人の持つ魔力量より、魔力をためておく器が小さいことで起こる病で、己の魔力が制御しきれず魔力暴走を起こしてしまう危険がある。

「聞いたことありませんね」

フィーネは首を傾げる。

「それでは、家族の中に子供のころ体が弱く、よく熱を出していた者はいなかったか？」

「妹は体が弱かったです。よく熱を出していました」

「虚弱体質だったのか？」

「そのようです。家族が忙しかったので、私がよく看病していました。そのころは妹もとても私に懐いていたんです」

父は仕事に忙しく、母も社交で忙しかった。名門伯爵家の夫人となると社交もおろそかにできないらしい。その間、魔力なしのフィーネが一人で妹の看病をしていた。

そんな過去に思いをはせる。

「妹のマギーには、よく絵本をせがまれて、寝付くまで読んであげました。あのころは私が少しでもそばを離れると不安がったものです」

その後成長と共に体が丈夫になると、途端にミュゲと一緒になってフィーネを馬鹿にし始めたのがショックだった。

「で、お前の兄や姉はその間、何をしていたのだ」

ノアの口調はいつも通り淡々としていて、声に家族を非難する色はない。

「二人とも魔力持ちだったので、家庭教師について勉強していました。それから兄は隣国へ留学しました」

「なるほど。王立魔導学園は最難関だからな。外国でそこそこの魔導学園に通って箔をつけたかったのか。高位貴族がよく使う手だ」

ノアはなかなか手厳しいことを言う。確かに魔導はこの国が一番発達しているし、兄は大陸随一のティリエ王国の名門王立魔導学園に入れなかった。

「王立魔導学園には二浪して入れなかったので、留学したようです。それでノア様は私の実家に資金援助をなさっているのですか？」

目下の懸念事項をフィーネは確認した。

「ああ、最初に言われた金額は渡した。お前を返さない以上それが筋だろう」

やはりとフィーネは思った。

「ノア様が、とてもいい方だったので、私の復讐失敗しちゃいました」

フィーネは、さして悔しくもなさそうに言う。

ノアがいい人だということは、とっくにわかっていた。王都の悪い噂などすべて嘘っぱちだ。

「別にいい人ではない。吐血して気絶した人間を玄関先に放置できるわけがないだろ。それにお前の家の馬車は逃げるように帰っていったし。ここに来たころは野垂れ死にするつもりだと言っていたな」

彼は半ば、あきれたようにフィーネを見る。

「そういえば、そうですね。私はノア様のお陰で命拾いしました。王都の噂なんて当てになりませんね。ノア様、ひどい言われようですが、噂を放置しておいていいのですか?」

フィーネはノアのために腹を立てていた。これほど親切で優秀な彼があしざまに言われていいわけがない。それに彼の魔導具のお陰でフィーネは好きな時に好きなだけスフレが作れる。使用人たちも彼の発明した魔導具のお陰で仕事が楽だと言って、ノアに感謝していた。年若いにもかかわらず、彼は主としてとても慕われている。

「噂は噂だ。王都を去った俺など、とっくに忘れ去られているだろう」

「私も実家から忘れられていそうです」

ぽつりとフィーネが呟くと、ノアが苦笑する。

「それはどうかな? 案外今になってお前を必要としているかもしれないぞ」

ノアが慰めを言うとは思わなかったので、フィーネは驚いた。

「まさか」

彼女は力なく首を振る。

「そうとも言い切れない。お前が魔力枯渇症になったのは、何らかの形で無自覚で魔法を使っていたからではないのか？　それにお前が手伝えなくなった途端、家が傾いたのだろ？　もしも、帰ってきてくれと言われたら、どうする」

「私はノア様の実験体ではないのですか？」

フィーネがノアの青い瞳をじっと見つめると、ふいと彼が視線を逸らした。最初のころはそっけない人かと思っていたが、どうも彼は照れ屋のようだ。ほんの少し頬を上気させ、耳が赤くなっている。

フィーネはもとより実家に戻る気などさらさらなかったし、父が帰ってこいと言うとは到底思えない。それどころか、ロルフとミュゲは早くフィーネに死んでほしいと願っていることだろう。

「それはそうだが、里心はわかないのか？」

ノアは心配してくれているようだ。

「まったくわきません。ここのお食事はとても美味しいし、皆さん親切です。こんな風光明媚な場所で余生を過ごせるなんて最高です」

フィーネは絶対に実家になど帰りたくなかった。でも「帰ってこい」という家族の言葉は聞きたいと思う。いろんな意味で……。

「復讐のことなら、心配するな。きちんと遂行してやる。今はお前の実家に騙されたふりをしているだけだ」

ノアが意外なことを言うので、フィーネは驚いた。

「騙されたふりですか？」

「言っておくが、俺は魔塔で筆頭魔導士まで出世した男だ。優しいわけがないだろう？　だが、お前の余命は僅かだし、二つとない貴重な実験体だから丁重に扱う」

丁重というより、過保護な気がする。ノアはたいていフィーネの好きなようにさせてくれるが、少しでも無理をすると途端にお小言が降ってくる。

この辺境の領地に来てからというもの、フィーネはとても大切にされ幸せな日々を過ごしていた。ノアはフィーネを実験体と呼んでいるが、実験は診察のようで、終わると必ずポーションを飲まされ、魔力制御を教えてくれる。

まるで治療のようだ。

「あの、丁重に扱っていただけるのはありがたいのですが、変に延命などしないでくださいね」

フィーネの言葉に、ノアが目を瞬いた。

「別にそのようなつもりはない。俺はただ、お前の魔力枯渇の原因と無属性の魔力を知りたいだけだ。無属性とはもともと属性に分けられない魔力を総称してそう呼んでいるだけなのだ」

「え？　そんないい加減なものなのですか？」

ふわっとしていて、具体的なイメージがまったくわかない。フィーネは少し残念に思った。

「今の魔力測定器が改良されれば、希少と言われている無属性がもう少し見つかるはずだ。無属性のサンプルが集まれば、研究も進む」

「なるほど。そうすれば、ノア様の実験体が増えるわけですね」

彼の研究により、フィーネのように魔力持ちの貴族家に生まれながら、魔力なしとさげすまれる子も減るのならば嬉しいと思う。

「ところでフィーネ、食が進んでいないようだが、その肉は食べにくいのか？　もう少し柔らかいものがいいのではないか」

そう言いながら、ノアは給仕を呼ぶ。

フィーネはそれを慌てて止めた。この時間の厨房がどれほど忙しいのかもわかっているし、ハンスもフィーネが食べやすいように料理を工夫してくれている。

「ノア様！　私はおいしくいただいています。とても気に入っています」

「そうか？　ナイフが重そうに見える。何なら俺が切ってやろうか」

いつも通りのぶっきらぼうな口調でノアは言うと、ナプキンで口をふいて立ち上がろうとするので、フィーネはびっくりした。さすがに普通は給仕係に頼むと思う。ノアは日頃から表情もあまり動かず、声に抑揚もないのに、こういう親切な行動は自然とできてしまう。フィーネはそのたびにどきどきした。

「大丈夫です！　どうかお構いなく」

本当にここの人たちは主人をはじめとして、皆がフィーネの面倒を見たがる。用事がある時以外は放っておかれた実家とは大違いだ。フィーネはいまだに過保護に守られることに慣れない。嬉しいけれど、恥ずかしくて妙にくすぐったいのだ。

「だが、不思議なものだな。普通は少しでも長く生きたいと思うものではないのか？」

ノアは単刀直入に聞いてくる。

「私はここに来る時、ひと月にわたる悲惨な旅路で生きることにあきらめがつきました。そして、あなたの実験体として過ごす毎日がとても幸せなんです。だから、このまま綺麗に死んでいきたいのです。ほら、あの湖の奥の森林とか素晴らしいではないですか」

フィーネが言うと、彼はため息をついた。

「お前、確か、死期を悟ったら猫のように消えると言っていたな」

「はい、ここは死ぬには最高に贅沢で、素敵な場所です」

フィーネが窓外に広がる湖畔の景色にみとれながら、胸に手をあてる。

「ちっとも嬉しくない。この領地については、ほかの褒め言葉を考えろ」

ノアが珍しく不機嫌になった。

「すみません」

「死ぬ前に何かしたいことはあるか?」

「え?」

意外なことを問われて、フィーネはびっくりした。

「お前のわがままを聞いてやってもいい」

言い方は尊大だが、親切な申し出をしてくれているのはわかる。フィーネは驚きに目を見開いた。

「ノア様、やっぱりとってもお優しいです」

「違う。何度も言わせるな。もうすぐ死ぬ可哀そうな奴だと思っているだけだ」

失礼なノアの言い草に、フィーネは声を上げて笑った。

ノアは、優しいと言われるのが嫌なのだろう。彼は顔を真っ赤にして額に手をあてている。

ノアは実家の家族とは真逆な存在だった。

優しい言葉の陰に棘を隠しているのではなく、冷たい言葉の裏に優しさと温かさが潜んでいて、彼は思いやりを行動で示してくれる。

ノアが書庫で分厚い魔導書を読みながら、アイスクリームの入った瓶を転がしている姿を見た時は驚いた。彼の説明によると魔法の冷気で、おいしいアイスが手早く作れるとのことだ。おかげでフィーネが望めば、いつもアイスクリームが食べられる。

シュタイン家の料理人ハンスが作った出来立て熱々のアップルパイの上に、アイスクリームを載せるとじゅわっとパイ生地にしみ込む。

それにより、サクサクのパイ生地の部分とアイスクリームをすって柔らかく甘くなった生地をそれぞれ楽しめるのだ。ほどよく火の通ったリンゴとアイスクリームの相性も抜群で、フィーネはそれを楽しみにしていた。

ノアが、特別アイスクリームが好きかというと、そんなこともなく、たいていフィーネが食べる姿を、目を細めて眺めている。

もしかしたら、ノア自身に何らかの理由があり、自分は人に好かれてはいけないと考えているのかもしれないと、フィーネはふと思う。

それにフィーネは気が付いていた。

彼が作るポーションの効果が格段に上がっていることに。ノアは、フィーネの体質と症状に合わせて調整してくれているのだろう。最近では階段を少し上ったくらいで息が上がることもなくなった。

このまま長く生きられるような錯覚に陥ることさえある。だが、それも所詮は対症療法で、寿命は確実に近づいている。

ただ、残り少ない時間をベッドで過ごすのではなく、散歩したり、読書したり、自由に過ごせることは貴重で、フィーネにとってはかけがえのないものだった。

閑話　マーサ

フィーネが城に来たころ、マーサやロイドをはじめとする使用人たちは、若いのに短命で美しく儚げなげな貴族令嬢に同情をよせていた。

しかし、ひと月も過ぎるとだんだんと彼女の見方が変わってきた。余命わずかだとは思えないほど、フィーネは行動的で明るい。

伯爵令嬢であるにもかかわらず、時にはハンスと菓子を作って皆に振る舞ったりするので、マーサはたびたび驚かされた。

果ては城に摘んできた花をかざったり、掃き掃除をしてみたりと少し体調がよくなると動き回るので目が離せないのだ。

彼女がいつも眩いばかりの笑顔を振りまくせいか、静寂だった城の中が一変して明るくなった。

「マーサ、フィーネを見なかったか？」

マーサが振り返ると、ノアがフィーネの部屋の前で途方に暮れていた。

「フィーネ様なら、厨房でハンスと一緒に、ワッフルをお作りになっております」

ノアはフィーネの姿が見えないと、どこかで倒れているのではないかと心配でたまらないようだ。

「今度はワッフルか。それでマーサはそこで何をしている？」

訝しげに聞いてくる。

「私は、フィーネ様のお体が冷えると困るので、ショールを取りにまいりました。それから、フィーネ様はワッフルにアイスクリームを載せたらおいしいのではないかとおっしゃっておりました」

「まったく、アイスクリームを食べるたびに寒いと震えるのに、懲りないない奴だな。俺はフィーネのアイスクリーム製造機ではないぞ」

ぼやきながらも、ノアはいそいそとアイスクリームを作りに行った。

マーサは思わず笑ってしまう。

この国一というより、大陸一の大魔導士ノア・シュタインに嬉々としてアイスクリームを作らせるのは、フィーネくらいのものだ。本当に不思議な貴族令嬢だとマーサは思う。

彼女がこの城に来るまでノアが笑うことはなく、研究以外の物事にも興味をしめさなかった。

それが、彼女が来てからというもの、じょじょに彼は変わっていった。声を上げて笑うこともあれば、フィーネとボート遊びに興じ、湖畔でピクニックを楽しむこともある。外界から閉ざされたように静寂に包まれていた城が、信じられないくらい明るく賑やかで活気づいた場所に生まれ変わった。

それもこれもフィーネのお陰だとマーサは思う。

彼女は城の皆が優しいから毎日が楽しいと言うが、城の使用人たちからすれば彼女がいるから毎日が楽しいのだ。

フィーネは好奇心が強く、なんにでも興味を持つ。

そのうえ、ノアが城の大事な客だから丁重に扱うようにと言っているのに、本人は「実験体」という言葉を真に受け続けている。

そのせいか、伯爵家の令嬢なのに、平民である使用人たち全員を「さん」付けで呼ぶ。びっくりするほど、純粋な一面を持っている。

「実験体」という言葉は、フィーネに気兼ねなく高い薬を飲ませるためのノアの方便になっているとも知らずに。

最初は皆、家族に捨てられた気の毒な貴族令嬢だと思っていただけだった。それがいつの間にか、フィーネはこの城になくてはならない存在になっていた。

そのうち皆が、不可能を可能にしてきた大魔導士ノア・シュタインに期待するようになっていた。

なぜなら、若くして家督を継いだノアは領地に疫病の兆しがあれば、王都にいながらにしていち早く察知し、治療薬を開発し供給した。使用人やその家族にも彼の治療薬で助かった者たちがいる。

そして、この領地は彼と共に水害も干ばつも乗り越えてきた。

そんな彼ならば、もしかしたらフィーネの余命を延ばせるのではないかと、今より、ずっと長く……。

第六章　王都、不協和音

フィーネがシュタイン領で皆に大切にされ、幸せな余生を過ごしているころ、王都のハウゼン家では家族の間に不協和音が起こり始めていた。

「ミュゲ、頻繁に社交の場に顔を出してはいけません！　それでなくてもフィーネがあなたの身代わりとして公爵閣下のもとへ行っているというのに、ばれたらどうするの？」

夜遅い時間に帰ってきたミュゲを、エントランスで叱っているデイジーの甲高い声が、執務室にいるドノバンのもとにも聞こえてきた。

深夜なので屋敷中に声が響き渡る。一方、ミュゲも負けてはいない。

「お母様、心配しすぎです。あんな辺境まで噂は届きませんよ。それに王都では変人魔導公爵のことなんて忘れ去られています。私は早くよいお相手を見つけなければ、婚期を逃してしまいますわ！」

「それもこれもあなたが、閣下のもとへ行くのを嫌がったからでしょう？」

「当たり前ではないですか！　私は魔力持ちなのに、なぜそんな縁談を結ばなければならないのです？」

「あなたは事の重大さをわかっていないのよ！　いずれ公爵閣下に事実をお話ししなければならな

いわ」

「なんで？　わざわざ、そんなことを言う必要ないではないですか」

二人の喧嘩が今夜も始まり、ドノバンはため息をついた。

援助資金欲しさにフィーネをミュゲの代わりに送ったのはよかった。だが、変人と呼ばれ女性を寄せ付けなかった公爵は、なぜかフィーネを気に入ったようで彼女を返してこないばかりか、約束の資金援助もしてくれた。

そのお陰でハウゼン家は没落しないで済んでいるが、まだ婚約の話は聞かない。辺境にあるので、こちらに情報が届くまでに時間がかかるのだろう。

シュタイン公爵とフィーネが婚約する前に、真実を告げなければならないかと思うと、ドノバンは暗澹《あんたん》たる気持ちになった。

それにもしもいきなり結婚してしまったら、その後本物のミュゲは、書類上では魔力なしのフィーネとして生きていかなくてはならなくなるのだ。

社交界で名も顔も知られているミュゲには不可能な話だ。このままでは結婚できないばかりか、ミュゲの立場もハウゼン家の立場もない。

いっそフィーネが公爵の寵愛を得ていれば、許してくれるかもしれないと願いもした。

しかし、頭でっかちで面白味のないフィーネが寵愛を得られているとは思えないし、代々偉大な魔導士を輩出してきた公爵家が、魔力なしの娘と縁を結ぶとも考えにくい。ばれたら、きっと大変なことになる。

こうなることはわかっていたのに、借金返済の日も間近に迫っていて、背に腹は代えられず、ロルフとミュゲの言うままに焦ってフィーネを送り込んでしまった。

今後のことを考えるとドノバンは憂鬱だった。

結局、没落に猶予ができただけなのかもしれないという思いにとらわれる。実際そうなのだろう。領地も売り払い、石鹸製造販売の事業を売ってしまったハウゼン家には収入源となるものがないのだから。

しかし、息子も娘も事の重大さを理解していないのか、至極楽観的だ。こんな時、フィーネならば、打開策を思いつき家計を立て直したかもしれないなどと考えてしまう。

そこでドノバンは違和感につきあたる。

まず病身でほぼ寝たきり状態のフィーネが、辺境領行きをあっさりと承諾したことが不思議だった。いくら軽い肺病とはいえ、ひと月の馬車旅はつらかろう。気候だって王都とは違うはずだ。

『フィーネは公爵家という地位に目がくらんだのですよ』

『一生、結婚できないよりましでしょう?』

ロルフとミュゲはそう言っていたが、フィーネとてあの大魔導士の黒い噂は聞いていたはずだ。いくら地位が高く金があったとしても、変人で醜い男のもとへ行くのは嫌ではなかったのだろうか。

それともフィーネは、魔力持ちのミュゲとしてあの家に入れば、大切にされるとでも思ったのか。ロルフとミュゲにすべて任せていて、フィーネと直接話す機会はなかったのでわからない。

どのみち、社交も知らずまったく世間ずれしていないフィーネが、公爵を長くごまかせるとは考えられなかった。

ドノバンが悶々とした思いをめぐらしている間も、エントランスでの母娘《おやこ》の諍いは激しさを増す。そろそろ止めに入った方がよさそうだ。


そんなある日、マギーが数年ぶりに体調を崩した。

子供のころは体が弱かったが、最近ではすっかり丈夫になり、茶会をこなしていた矢先だった。

最初は風邪かと思って様子を見ていたが、やがて高熱が出て下がらなくなった。

しかし、ロルフもミュゲも再び病気がちとなったマギーには興味がなく、社交にいそしんでいた。

「マギー大丈夫？」

デイジーが心配そうに、ベッドに横になるマギーの顔をのぞき込み、優しく汗を拭う。高熱は五日も続き、一向によくなる気配はなかった。

ドノバンもかわいい末っ子が心配で、すぐに医師を呼んだ。

熱さましをもらい、少しばかり熱が下がると王都でも有名なワーマイン医師の診療所へ連れていった。

しかし、そこで下された診断に両親は驚いた。

「魔力過多症ですか？」

ドノバンが震える声で問う。魔力過多症は簡単に治るようなものではないのだ。治療にとても時間がかかる。

「ええ、本来ならばもっと幼いころにかかるはずなのですが、十四歳でかかるというのは珍しいですね。少なくとも私はこういう症例は初めてです」

高名な医師が訝しげに言う。

「それで治るのでしょうか？」

ショックを隠せない様子でデイジーが医師に尋ねた。

「抑制剤を飲みながら、魔力制御の訓練を受けることをお勧めします」

医者の言葉にマギーがぎゅっと眉根を寄せる。

「いまさら、訓練だなんて。それに抑制剤を飲むなんて嫌だわ」

「訓練を受けなければ、悪くなってしまうでしょう」

文句を言うマギーをデイジーは窘めた。

「それは飲み続けなければいけない薬なのですか？」

ドノバンが不安そうに尋ねる。マギーのことももちろん心配ではあるが、抑制剤はかなり高額だ。

「そうですね。魔力制御の訓練次第だと思います。あるいは年をとり、魔力量が減ることがあれば、やめることもできるかもしれません」

「何ですって？」

「それほどひどいのか？」

ハウゼン夫妻はそろって声を上げた。

それはつまり、マギーは、今後結婚は難しいということだ。高額な医療費が必要な病持ちの娘を、わざわざもらってくれる家はないだろう。

「嫌よ。具合だって悪いのに、薬を飲み続けて、訓練を受けるだなんて。起き上がるのだって大変なのよ。吐き気もするし、いっそのこと私の魔力をフィーネお姉様に分けてあげたい」

「何を言っているんだ。そんなことを言っていたら、治らないだろう？」

ドノバンがなだめると、マギーが幼子のように唇をとがらせた。マギーは事の重大さを理解していなかった。

するとワーマインがおもむろに口を開く。

「フィーネ嬢はどうしていますか？　二か月以上前にポーションを渡したきりですが、その後、どこかで空気のよいところで静養なさっているのでしょうか？」

すっかりマギーにかかりきりになっていた父母は、次女を思い出した。

「ええ、まあ、便りがないので、肺病はよくなっているのではないかと思います」

ドノバンが答える。

「そうね。あの子ったら、手紙の一つもよこさないわね。婚約はどうなっているのかしら？」

フィーネが顔合わせに行った後、シュタイン公爵から約束の資金援助はあったが、それきり何の音沙汰もない。

その後マギーの具合が悪くなったため、夫婦は彼女にかかりきりだった。

「婚約ですと？　そのうえ便りがないとは。失礼ですが、お嬢様の安否の確認はされましたか？」

ワーマインが驚愕し、矢継ぎ早に尋ねる。

「は？　安否確認ですか？　フィーネの肺病は軽いと聞きました。それとも公爵閣下の悪い噂を信じておられるのですか？」

なぜ医者がこのようなことを聞くのかと、ドノバンは不思議だった。フィーネは肺を患っているとは聞いたが、ロルフもミュゲもたいしたことはないと言っていた。

「肺病？　確かに肺にまで症状は広がっていますが、彼女は末期の魔力枯渇症です」

「うそよ！　フィーネには魔力がないわ！」

びっくりしてデイジーが叫び、目を見開いた。

「お嬢様から、何も聞いていないのですか？　私はご両親そろって来るように言ったのですが……」

医者の目に非難の色が混じるが、ドノバンもデイジーも初めて耳にする話にそれどころでなかった。

「それで、あの子は、フィーネは魔力を持っていたのですか？」

「一番に気にすることがそこですか？　あなた方のお嬢様は魔力枯渇症の末期なのですよ？　他国で治療法を探してはと提案したのですが、ご子息とご息女が転地療養すると大量のポーションだけを持って、フィーネ嬢を連れて帰られましたよ。フィーネ嬢の余命が半年というのはご存じですよね？」

ワーマインの表情に不審の色が広がる。

「何ですって！」

「それは本当か！」

夫婦は驚きに立ち上がった。

「嘘でしょ！　フィーネお姉様、死んじゃうの？」

マギーもびっくりしたように叫んだ。

「いますぐ、お嬢様の安否をご確認なさることをお勧めします」

医者の表情にも声音にも軽蔑の色が滲んでいることに、ハウゼン家の者は誰も気づかなかった。


何も知らず、よい縁組を探すための社交と称して、茶会や夜会に飛び回っていたロルフとミュゲが夜遅く帰宅すると、両親が待ち構えていた。

サロンは、重苦しい雰囲気に包まれている。

「お前たち、なぜ、フィーネの余命について黙っていた！」

いつもは二人に甘いドノバンも、今夜ばかりは怒りに震えていた。さすがにミュゲもロルフもたじろいだが、すぐに態勢を立て直す。

「それは、フィーネが言ったのよ。お父様とお母様に心配かけたくないから、私の代わりに行きたいって。あの子、魔力なしで結婚は絶望的だったから、結婚したかったのよ。それに変人魔導士に嫁ばれる前に死ぬからって。見たでしょ？　あの子、自分で髪まで染めたのよ」

ミュゲが手前勝手な嘘をひねり出す。

「何を言っている。フィーネは器量だけはいいのだ。格下の貴族家なり、商家なり貰い手があったはずだ」

ドノバンの言葉に、ミュゲが不満そうな顔をする。

「あの子はもうすぐ死ぬんだし、貰い手も何もないと思います。愛人がせいぜいじゃないですか？　それにフィーネと私たちは似ていないし、あの子の髪の色は――」

ミュゲは言いかけてやめた。両親の顔色が変わったからだ。彼女は、この家では決して触れてはいけないことを口にしてしまった。

ドノバンは怒りを押し殺すように何度も深呼吸を繰り返し、デイジーは真っ青になりわなわなと震えている。

「お前も子供のころに、この家のギャラリーにある肖像画を見ただろう。二代から三代おきにフィーネのような色合いの子供が生まれるのだ」

「ふん、ハウゼン家に伝わるエルフ伝説か。確かにフィーネは肖像画にある曾祖母様《ひいばあさま》にはそっくりですね。でもフィーネには肝心の魔力がないですよ」

ロルフがつまらなそうに鼻を鳴らす。

「お前たちいい加減にしないか！　自分たちが何をやらかしたのかわかっているのか？」

ミュゲとロルフは顔を見合わせる。フィーネの余命を知れば、両親は反対するとは思っていたが、ここまで怒るとは想像もしていなかった。

「お父様も、お母様もフィーネを疎んじていたではないですか？　だって、フィーネが出発するときに見送りにも出てこなかったではないですか」

ミュゲが心底不思議そうに尋ねる。フィーネは確かにハウゼン家の厄介者だった。両親の態度から子供たちはそう察していたのだ。

「私たちはそんなつもりはないわ」

デイジーが顔を青ざめさせ、膝の上でぎゅっと手を握りしめる。

「でも、あの子を家から出さなかったでしょ?」

「それはほかの家にいろいろと言われるからだろう。いわば、フィーネを守るためだ。お前たちだって不愉快なことを言われたことがあるだろう」

ミュゲの問いに、ドノバンが苦しげな言い訳をした。

社交界では、いまだにフィーネをデイジーの不貞の子と噂する者もいる。いくらドノバンが先祖返りで曾祖母の生き写しだと説明しても、どうにもならなかったのだ。

フィーネの髪を染めようかとも考えたが、瞳の色も顔立ちも家族の誰とも似ていなかったので早々にあきらめた。

せっかく器量よしに生まれたのに、家に閉じ込めておくしかなかったのだ。


フィーネがシュタイン領へ発ってから、約四か月の時が過ぎた。

ミュゲは最近のハウゼン家に、多大なる不満をいだいていた。

とうとう両親に社交を禁止されてしまったのだ。理由はマギーにかかる医療費のせいである。抑制剤が高いのだ。

「なんで私が家に閉じこもって、マギーの看病なんかしなくてはならないのよ」

そう言いつつもミュゲは自室かサロンでだらだらしていて、実際にマギーの看病は母とメイドがやっていた。

しかし、ハウゼン家は資金繰りが上手くいかず、最近では母も金を集めようと走り回っている。すべてマギーのせいだ。


その日の昼下がり、ミュゲがサロンでくさくさした気分で紅茶を飲んでいると、デイジーが入ってきた。

「ミュゲ、薬の管理だけはあなたがしてね」

デイジーは外出する前に必ずミュゲに言いおいていく。

「わかったわ」

ミュゲはおざなりに返事をした。

「抑制剤を飲まないと魔力暴走を起こしてしまうのよ」

「まったくそんなに魔力が有り余っているなら、本当にフィーネに分けてあげればいいのに」

それを聞いたデイジーはため息をつく。

「魔力過多症はそういうものではないのよ。マギーは魔力をためておく器が小さいの。そこからあふれ出てしまうのよ」

「つまり、マギーの魔力量とマギーの魔力をためておく器が一致しないということ？　なんでそんなことが起きるの」

「まあ、多分そんなようなことだと思うわ。ミュゲ、原因がわかっていれば、苦労はないわ」

デイジーの疲れきった様子を見て、ミュゲはこんな陰気臭い家は嫌だと思った。

最近では一緒に遊んでいた長兄ロルフまで、焦ってドノバンの手伝いをしている。

父に帳簿を見せられたその日から、彼は変わってしまった。

一緒に家を抜け出して遊びに行こうと誘ったら、『お前はハウゼン伯爵家の存亡がかかっている時に、何を言っているんだ』と怒られてしまった。

ロルフは、このままでは家は没落して自分が爵位を継げなくなると、かなり焦っている。残念ながら兄には魔導士として身を立てるほどの実力はない。王立魔導学園に入れず、やむなく留学したのだから。

しかし、ミュゲにしてみれば、爵位の高い金持ちに嫁げばいいだけなので、彼らの焦りは他人事《ひとごと》のようにしか感じられない。

そこで彼女は一計を案じる。

「そうだわ！　フィーネに知らせればいいじゃない。前はマギーをかわいがっていたもの。病気の妹を見捨てるわけがないわ！　多分まだ生きているわよね？」

家族はなぜ、こんなことも思いつかないのだろう。

変人公爵に気に入られているらしきフィーネに、金を融通してもらえばいいのだ。

さっそくミュゲはマギーの部屋へ向かい、嫌がる妹に無理やり手紙を書かせた。


今日はワーマインの診察の日だ。

この日、ハウゼン夫婦はそろってマギーを連れていく。マギーが心配なこともあるが、なんといっても抑制剤は高価だ。特にミュゲやロルフに任せるわけにはいかない。

彼らはフィーネの時にやらかしている。

それでもまだロルフは最近家の手伝いをするようになったからよいものの、問題はミュゲだった。ドノバンはミュゲをあれほど自分勝手な娘だと思っていなかった。フィーネより賢い娘だと信じていたのに、見込み違いも甚だしい。

きっとミュゲを公爵のもとに送っていたら、即座に送り返されていたことだろう。フィーネだから、受け入れられたのかもしれないと今では思っている。

「抑制剤をきちんと飲んで魔力制御の訓練をしていますか？」

ワーマインの質問にマギーは素直に頷く。

「はい」

「あまり状態が良いとはいえないね。何度かさぼったかい？」

ワーマインは渋い顔をして、単刀直入にマギーに聞く。

「ほんの少し、とにかく体がだるくて何もしたくなくなるんです。それに飲んだ後吐き気がするから……」

マギーは言い訳をする。抑制剤は高額であるのに、マギーは時々飲んだふりをして捨てることがあった。だから、服用時はたいてい家族の者が見守っている。

「そう、君のお姉さんは今もっと苦しんでいると思うよ」

医師の言葉にマギーは黙り込んだ。

診療の後、ドノバンとデイジーだけ、ワーマインから話があると言われ、診察室に残った。

「先生、お話って何でしょう？」

デイジーが心配そうに聞く。ドノバンも気をもんでいた。夫婦二人に話すということはマギーの症状はよほど悪いのだろう。

マギーは体がだるいと言って、魔力制御訓練もさぼりがちだ。

「お話というのはマギー嬢の魔力過多症のことです。これはまだ私の推測ですが、フィーネ嬢の魔力枯渇症と関係あるのではないかと思いまして」

「何ですと？　まさかフィーネが何か悪影響を？」

ドノバンの言葉に、ワーマインが苦笑する。

「逆です。フィーネ嬢がいないことによって、マギー嬢の過多症が起こったのではないでしょうか？」

「それはいったいどういうことでしょうか？」

嫌な予感にドノバンの心臓はドクンと鳴った。

「いろいろと症例を調べましたが、魔力枯渇症というのは、魔力がなければ絶対にかかりません。フィーネ嬢が無自覚にマギー嬢を癒やし続けていたのではないでしょうか？　それによって、魔力枯渇症になったのではないかと」

「まさか！　フィーネは魔力がないのですよ」

デイジーが即座に否定する。

「国の簡易検査しか、受けていないのではないですか？」

そう問われてドノバンとデイジーは顔を見合わせた。

「ええ、まあ、検査結果は、厳粛に受け止めました」

ドノバンが答える。

「なるほど。高位貴族で魔力持ちの家系は、簡易検査を受けて子供が魔力なしの判定を受けた時、たいていの者が諦めきれず精密な検査を受けに魔塔へ行きます。それをなさらなかったということですね。まあ、それで魔力持ちだと判明することはめったにありませんが……」

夫婦は気まずそうに頷いた。

確かにあくまでも簡易検査であって、まれに検査をすり抜けてしまう魔力もあるという説明は受けていた。

ハウゼン家の者たちはすべて魔力持ち、もしこれがフィーネではなく、ほかの子供なら魔塔で調べてもらったことだろう。

だが、フィーネにそれをさせようとは思いもしなかった。

彼女には常にデイジーの不義の子という噂がつき纏っているからだ。下手に魔力を持っているとわかるより、家に閉じ込めておきたかった。それが家族のためになると思っていたのだ。

実際にそうすることにより、ドノバンが投資で失敗するまではハウゼン家は順調だった。

いや、正しくはフィーネの具合が悪くなり始めてから、家はおかしくなってきたのだ。あの投資は危険だからとフィーネに固く止められていたのに手を出してしまった。

世間知らずの小娘に投資の何がわかるのかと、フィーネが寝込んでいる隙に強行したのだ。ドノバンは悔恨の念にとらわれた。

「でも、まさか、そんなことがあるなんて」

デイジーが震える声でワーマインに訴えるのを聞いて、ドノバンは我に返った。

「そうでもなければ、十四歳になってから魔力過多症を発症するなど考えられません。あれはもっと幼いころにかかる病です。それで先月も申し上げましたが、余命半年で辺境へ行かせたお嬢様と連絡はおとりになりましたか？」

夫婦は窮地に追いやられ、ワーマインの追及に気まずく沈黙を守るしかなかった。


「もうやめましょうよ。あの医者のところへ通うのは。家族の問題にまでくちばしを挟んでくるなんて考えられないわ。だいたいわざわざ魔塔にまで行って検査する人なんていませんよ」

帰りの馬車に揺られながら、険しい表情でデイジーはドノバンに不満を漏らす。

「しかし、王都で一番の医者だ。それにどのみち、フィーネを連れ戻さねばなるまい」

「フィーネを連れ帰るといっても、もしかしたら、あの子は帰路で……。そうでなければ、うちは病人を二人抱えることになるわ。本当に、どうしたらいいのかしら」

夫婦がそろって肩を落とす横で、また熱が上がってきたマギーが浅い息をしながら眠っている。

家の仕事をロルフに手伝わせるようになって、ドノバンは初めて気が付いた。フィーネは母ローズの言う通り聡い娘だったと。

それに比べロルフは目覚めたとはいえ、口先ばかりで仕事ができない。

せっかく箔をつけさせようと無理をして大枚はたいて隣国に留学させたのに、まるで使い物にならなかった。調子のいいことばかり言って、勉強もせず遊んでいたのだろう。

「やはり、フィーネを辺境に行かせたのが、間違いだったのだよ」

「わかっているわ、そんなこと。でも、あの時は借金の返済日が間近だったし、ミュゲを説得できなかった。それにフィーネの姿を見るたびにつらかったの。私が産んだ子なのに、誰にも似ていないんですもの」

デイジーがつらそうにうつむく。

「だから、言っただろう。フィーネはハウゼン家に時おり生まれる取り替え子だと」

力なくドノバンは答える。

そういう彼もフィーネの容姿を見るたび、もしかしたらデイジーが過ちを犯したのかもしれないと疑心暗鬼を生じ、辛くなったのだ。

ましてやフィーネを外に出せば、それを周りに指摘され、噂される。それが耐えがたい屈辱だった。だから、魔力なしの判定が出ると、これ幸いと家に閉じ込めたのだ。

周りに白金の髪に緑の瞳を持つ者はなく、成長していくにつれ、フィーネはドノバンの祖母の姿絵そっくりになっていった。

そのうえ医師の話によるとフィーネはどうやら魔力持ちらしい。祖母も不思議な魔法を使ったと伝えられている。

フィーネは紛れもなく、ハウゼン家の娘だったのだろう。

最近のハウゼン家は使用人がめっきり減った。ミュゲはそれが不満だ。ベルを鳴らしても誰も来ないし、用事を言いつけるとメイドに嫌な顔をされる。腹が立って怒鳴りつけると、次の日メイドはやめていた。こんなことの繰り返しだ。

「ミュゲ、使用人にあまり厳しい口を利くんじゃない」

食堂で遅い朝食をとっていると、ミュゲはドノバンに叱られた。最近のドノバンは怒りっぽくて嫌いだ。

「どうしてですか？　お父様、そんなことでは使用人になめられてしまいます」

ミュゲは当然のように言い返す。ドノバンはいつからこんな弱腰になってしまったのだろう。

「使用人に、満足な給金を払えていないんだよ。だからこうなっている」

ドノバンの話を聞いて、ミュゲはあきれたような顔をした。

「は？　うちはそこまで困っているのですか？　まさか、マギーの医療費ですか！」

言われてみれば、以前に比べてハウゼン家は掃除も行き届いていない。廊下や棚も埃っぽい感じがする。

「そうだ。抑制剤は高価なんだ」

頭を抱えるドノバンを見て、ミュゲは腹を立てた。

「それなのにマギーはこの間抑制剤を飲むように言ったら、壁に瓶を投げつけて割ったんですよ！　高いものなのに。あの子は何本台無しにしたことか」

マギーは熱が下がらず、体の節々の痛みや吐き気を訴え、最近では時おり癇癪を起すようになっていた。

「その話は聞いている。本人にも再三言い聞かせたところだ」

ドノバンが歯切れの悪い返事をする。

「マギーがそんな状態なのに、これ以上高価な薬を買い与えてどうするつもりです。それに最近の食事もひどいものではないですか！　私は社交も我慢しているのに。お金に困っているのでしたら、私にいい縁談を持ってきてください」

ドノバンがミュゲの言葉にため息をついた。

「何度も言わせるな。魔力過多症は放置できないんだ。抑制剤を飲まなければ、魔力暴走を起こす。そんなことになれば、家具も破損することがあるし、最悪屋敷に被害が出ることもあるんだぞ」

「だったら、私の縁談を急いでください！　いい家と縁づいて、私がハウゼン家へ資金援助をします」

これが一番合理的な方法だとミュゲは考えていた。

それなのに父は些事にこだわって、ちっとも縁談の話を持ってこない。

「その話はこの間も説明しただろう。フィーネがお前の代わりに、ミュゲと偽って公爵閣下のもとに行っている。その状態で、お前の縁談など進められるわけがないだろう？　まずは閣下に入れ替えの話をし、詫びなければならない。そうすれば、我が家は金を返さなければならなくなる。最悪フィーネは家に帰されるだろう」

「帰されるも何もフィーネはもう」

「やめないか、ミュゲ！」

激しい口調でドノバンに遮られた。

こんなことは初めてで、ミュゲは驚いて目を瞬いた。ドノバンはなおも言葉を継ぐ。

「お前たちがフィーネの余命を隠したせいで、とんでもないことになったではないか。向こうでフィーネが死ぬ前に、本当のことを話さねばならない。やらなければいけないことが山積みだ」

一気に吐き出すようにしゃべる。

まるでミュゲやロルフのせいだと言わんばかりの勢いで、ミュゲはかっとなった。

「そうはおっしゃられても、元はお父様が投資で借金を作ったせいじゃないですか？」

ミュゲはこういえば、父が黙ることを知っていた。

「ミュゲ、もうそんなことを言っている場合ではないんだ。この家はもうまもなく没落する」

ドノバンは突然勢いを失い、憔悴しきったようにうなだれる。

ミュゲはあきれた顔で肩をすくめた。

「はあ、当座の金の心配なら ありませんよ。私が手を打っておきましたから」

「何だと？　どういうことだ」

ドノバンが驚いたように顔を上げる。

「マギーに手紙を書かせました」

ミュゲはにっこりと微笑む。

「手紙？　誰に、どんな手紙を書いたんだ？」

ぎょっとしたような顔でドノバンが尋ねてくる。

「フィーネに決まっているじゃないですか？　もっともちゃんとミュゲ宛で出しましたけれど。マギーが今どれほど苦しい状態にあるかと、マギー自身に手紙にしたためてもらいました。幸いフィーネは変人公爵閣下のお気に入りのようですから、妹のためにお金を都合してくれるでしょう？」

ミュゲは自慢げに語る。むしろ家族の誰もこの方法を思いつかなかったことが不思議だった。

「ミュゲ、お前という奴は」

ドノバンが真っ青な顔をして、震えている。

「お父様？」

ミュゲは、父の反応に怪訝そうな視線を向ける。

「なんて恥知らずな真似をしてくれたんだ。このバカものが！」

ドノバンの怒髪天を衝く勢いに、ミュゲは初めて恐れをなした。

その日からドノバンの命令で、使用人は誰もミュゲの言うことを聞かなくなり、彼女は部屋に閉じ込められた。

しかしミュゲには、何が父をあそこまで怒らせたのかわからなかった。

なぜなら、ドノバンはフィーネをミュゲの身代わりにすることに賛成したのだから。

（いまさら後悔しているの？　フィーネがもうすぐ死ぬから？　それとももう死んだのかしら）

ミュゲにとってフィーネは、家族というより、この家の使用人のような存在だった。

閑話　ユルゲン・ノーム1

ティリエ王国にある魔塔は大陸一の魔導研究機関である。

そこに所属する者たちは魔導のエキスパートであり、将来を約束されたエリートたちだった。

だが、どんな組織にも上昇志向だけが強く、実力ではなく、コネクションだけでのし上がってくる者はおり、えてしてそういう者が組織を腐らせることもある。

ユルゲン・ノームはそんな男だった。


ユルゲンは子爵家の三男に生まれた。子供のころから賢い少年で、八歳で王立魔導学園初等科に首席で入学した。

それほど優秀なのに、父は容姿も能力も凡庸な長兄に後を継がせようとしていて、次兄もそれを是としていた。ユルゲンは長兄が家督を継ぐことに納得がいかなかった。

素晴らしい才能を持った自分こそ継ぐべきだと考えたのだ。

ユルゲンは中等科へ進学した時、父親のもとへ直談判に行った。このまま首席で中等科を経て高等科を卒業したら、長男に替わり自分に家督を継がせてくれと頼んだ。

だが、父は頑なにそれを拒む。二年にわたり説得した結果、やっと父は折れてくれた。

そのせいでユルゲンはほかの兄弟との折り合いが悪くなる。なぜか家族は皆、凡庸で取り立てて才能のない長男の味方をするのだ。妹と弟までも。

だが、それもユルゲンが魔導学園を首席で卒業するまでだと思っていた。

ところが高等科になった十七歳の時、その目論見は見事に崩れ去った。

この国の第二王子と、魔導の天才と名高い公爵家の嫡男が入学してきたからだ。

高位貴族は初等科中等科の内容は家庭教師について勉強し、高等科から入ってくる。それ自体はよくあることだ。

だが、この二人が入学したことにより、ユルゲンが首位をとることは二度となくなった。

それどころか、ほかにも成績優秀者が続々と現れ、五位以内に引っ掛かるのがやっとというところ。下手をすると順位は二桁まで落ちることもあった。

ユルゲンは後から来た者たちに、どんどん追い抜かれていく。

これにより、家督を継ぐことは絶望的になった。


毎回首席のノアは顔が醜く、常にフードを目深にかぶり、顔を隠している不気味な男子学生だ。

うっかり彼の素顔を見てしまった者から話を聞くと、それは恐ろしいものだったという。

ノアは陰気臭くて、口が重く、魔導にしか興味がない変人だった。

彼らは皆優秀な家庭教師について、幼いころから英才教育を受けているのだ。下級貴族がかなうはずもない。

この国の第二王子に人気が集中するのはわかるが、なぜか顔が醜く陰気なノアのもとにも信奉者が集まっていた。

そのうえノアは醜いにもかかわらず、妙に女子生徒にもてる。聞けば、公爵家は驚くほどの金持ちだという。醜くても陰気でも、金と地位があればもてるのだと知った。

さらに、第二王子とノアは幼いころからの付き合いで、二人はよく一緒にいる。

いくらユルゲンが第二王子に近づこうとしても、さほど裕福でもない子爵家の三男では、王族の取り巻きになることすらできない。

ユルゲンから見たノアは、社交性がなく陰気、それなのに家柄がいいと言うだけで、第二王子の学友になれる。いつの間にかユルゲンはノアの能力を実際より低く見積もり、嫉妬と侮蔑の入り混じった目で見るようになっていた。彼にとってノアは、この世の不公平さの象徴そのものだ。


その後、この大陸の魔導の最高峰である魔塔入りを志したが、卒業時少なくとも五位以内の成績でなければ入れない。成績が落ち込んでいたユルゲンには、厳しい条件だった。

しかし、ユルゲンは初等科からの人脈を駆使し、教授に取り入り、どうにか魔塔に潜り込んだ。

これでとりあえずエリートの仲間入りはできた。彼はその途端に実家を見下し始める。だが、魔塔に入ってからも、学園での序列はそのまま続いた。いや、もっと差が開いたと言ってもいい。ノアは魔塔に入った途端、すぐに個人用の設備の整った研究室を与えられていた。

しがない助手でしかないユルゲンは、ノアに対抗しようと派閥を作り始める。そして、夜会や茶会のたびにノアに関するおかしな噂を流した。

噂はすぐに尾ひれをつけて広まる。

しかし、それにもかかわらず、研究により大きな名声を得たノアのもとには、縁談が引きも切らないという。

貴族家の三男のユルゲンのもとには、ろくな縁談が来ないというのに。あわよくば高位貴族家への入婿を狙っていたが、彼にそのような縁談はまったく来なかった。

なんとか魔塔で功績を挙げ魔法伯の称号を得たいと願っていたのに、ノアのせいで自分の成果がかすんでしまう。

そのうち、ノアは画期的な魔導具を作り、国を豊かにしたということで叙勲し、報奨金まで得た。

この時ユルゲンの嫉妬は頂点に達する。

そんなある日、ノアが魔塔から去るとの噂が、社交界に広まった。

真相は研究拠点を魔塔から自領に移しただけであるが、それでもユルゲンにとっては好都合だった。

ノアが王都を留守にしている間に、ユルゲンが成功を収めれば注目が集まるだろうと考えたのだ。

幸いシュタイン公爵家の領は辺境にあり、片道でひと月ほどかかる。その間にノアの派閥の人間の中から、協力者を得ようと画策した。

ノアは孤高を気取ってはいたが、魔塔には彼の派閥が存在している。派閥があれば、そこには必ず裏切り者や寝返る者がいるはずだ。

ノアの不在はユルゲンが名を上げるための千載一遇のチャンス。必ずやノアを引きずりおろし、名を上げるのだ。

ユルゲンは自分の輝かしい将来に思いを馳せた。

第七章　フィーネ、王都へ行く

ぽかぽかと日差しの降り注ぐ湖で、フィーネはノアが漕ぐボートに乗っていた。湖面を渡る風が心地いい。

「気持ちいいですね。本当に素晴らしい景色です」

前方には青々とした森。後方に目をやれば花畑や野原が広がり、風情のある古城が立っている。

「お前に言われるとそんな気もする。子供のころから見慣れている風景だから、さして感動もないはずなのだが、不思議と違う場所のように見えてくる」

ノアは眩しげに目を細めた。

「ノア様は贅沢ですね。そうだ。ノア様、私もボートを漕いでみたいです」

「オールは意外に重いぞ。お前にできると思えないが」

口ではそう言いながらも、ノアはフィーネにオールを持たせ、漕ぎ方を教えてくれる。

しかし、ノアに言われた通りに漕いでいるつもりなのに、ちっともボートは前に進まない。パシャパシャと水が跳ねるばかり。

「フィーネ、もっと深くオールをさすんだ」

「あ！」

ノアがそう声をかけた途端、オールがフィーネの手を離れ流されていく。

「まあ、どうしましょう！」

「しょうがない奴だ」

フィーネがおろおろしていると、ボートがオールなしで岸に向かって水を渡り始めた。フィーネは目を丸くする。

「水魔法だ。オールは後で回収しておく。気にするな」

「すみません。でも結構難しいものなのですね。ボートを漕ぐのって」

残念そうにフィーネが言う。ノアが簡単そうに漕いでいたから、自分にもできると思ったのだ。

「そうだな。どうしても漕ぎたいのなら、練習するといい。コツをつかめばすぐだ」

ノアの言葉にフィーネは首を振る。

「いいえ、乗っている方が楽なことに気が付きました。そうだ。今度ボートの上でお昼寝をしてみたいです。きっと気持ちがいいでしょうね」

「仕方がないな。また付き合ってやろう」

ノアはしぶしぶ言うが、彼がフィーネの願いをかなえてくれることは知っている。

「ぜひ、よろしくお願いしますね」

フィーネは早くも次のボート遊びが楽しみになり、顔をほころばせた。

もう少し、フィーネに体力があれば、ノアともっと遊んでいられるのにと、ふとない物ねだりをする。

欲はすべて捨てたつもりだったのに、フィーネはそんなふうに願ってしまう自分に驚いた。

ノアはたいてい仏頂面であまりしゃべらない。それなのに彼といると楽しくて、あっという間に時が過ぎていく。彼のそばは、不思議と居心地がいいのだ。

いつの間にか、日が傾きかけていた。夜になるとここは冷え込む。

「お前は、妙にさっぱりしているが、王都が懐かしくないのか？」

以前もノアから里心がわかないのかと、聞かれたことがある。しかし、そのようなことは一切ない。

「ずうっと家にいるか、近場での買い物を頼まれるくらいで、外に出なかったのであまり思い出はないんです」

「ここには女性が好みそうなカフェもなければ、はやりのドレスや宝飾品を取り扱う店もない。書庫で植物図鑑や魔導書ばかり見ていて、退屈しないのか？」

ノアが不思議そうに尋ねてくる。

確かにフィーネの一日は単調かもしれないが、十分に満たされていた。

心ない家族の言葉に傷つけられることもなく、父に激務を押し付けられることもなく、優しい人たちに囲まれてのんびりと過ごしている。

ここでの生活は平穏で自由で、ストレスがないのだ。

そのうえ、ハンスの作る食事はおいしいし、アイスクリームが食べたいと言えば、いつでもノアが作ってくれる。いや、最近では言う前に用意してくれていた。

退屈など感じない。驚くほど贅沢な最期の時を過ごしているとフィーネは思う。

「飽きるということはないです。……そういえば、私、王都に住んでいたのにカフェというものに行ったことがないのです。後は、ちょっと書店に行ってみたいかなとも思います」

ふと思いついて言ってみる。

夢というにはささやかだが、王都でそんな日常も過ごしてみたかったなと思う。ミュゲが楽しそうにどこそこのカフェの新作のケーキがおいしいなどと話していたのを、フィーネは羨ましく聞いていた。

「カフェと書店か。ここの書庫の蔵書では足りないのか？」

「あの、王都で流行りのロマンス小説を読んでみたいと思いまして」

残念ながら、ここの書庫には小説の類いは見つからなかった。

フィーネは恋をしたことがない。それならば、せめて書物の中で疑似体験をしてみたいと思った。

やはり、ここへ来て少し欲が出てきたようだ。

「なるほど。そのようなものに興味があったのか。ならば、今度一緒に王都に行こう」

「ふふふ、ノア様は冗談もおっしゃるのですね」

そんなことは不可能だとわかっている。王都へ行くのに馬車でひと月もかかるのだ。

「冗談ではない。私は魔塔に少し用事がある。お前もついでに連れていってやろう」

ノアが淡々と、なんでもないことのように言う。

「はい？」

フィーネはぽかんとして、ノアの真面目くさった顔を見た。

翌日フィーネはマーサに訪問着に着替えさせられ、髪を結われ、化粧を施された。

「フィーネ様、体調はいかがですか？」

「ええ、すこぶるいいです。あの、ノア様は本気でしょうか。私を王都へ連れていくなんて」

ノアの説明によるとほんの数分で着くという。

「大丈夫ですよ。お体にご負担もなく、すぐに着きますから。それより、フィーネ様は王都へ行くついでに、ご主人様に服も買っていただいたらどうでしょう？」

「え？　ノア様に？」

「訪問着もその一着しか、お持ちになりませんよね」

マーサが少し残念そうに言う。この訪問着はミュゲのおさがりでフィーネはこれしか持っていないのだ。

「ありがとう、マーサさん。でもいまさら、いりません」

もうすぐ死ぬというのに服を買ってもらってどうしようというのだろうと、フィーネは首を傾げた。さすがにそこまでの欲はない。

「フィーネ様、ご主人様はきっとフィーネ様の望みでしたら、なんでもかなえてくださいますよ。たくさんお願いしておいた方がいいです」

マーサの言葉に、フィーネは声を上げて笑った。確かに彼は言えば、なんでもかなえてくれそうだ。魔導士というものは、すごいものだと思う。

しかしフィーネは服や宝飾品を買ってもらうよりも、カフェや書店に連れていってもらうことの方がずっと楽しみだ。

生まれ育った場所だというのに、フィーネは王都のことをほとんど何も知らないのだから。

（あと、植物園にも行ってみたいな……）

王都にいい思い出はないはずなのに、ノアと観光ができると思うと、なんだか楽しみになってきた。相手がノアだから、だろうか……。


マーサの言う通り王都まではあっという間だった。

ノアと実験棟へ行き、二人で手を繋いで魔法陣で作られた転移装置に乗る。酔うから目を閉じるように言われた。しばらくすると、周りの空気が変わったことにフィーネは気が付く。

「目を開けてもいいぞ」

繋いでいた手が離れ、フィーネは目を開ける。すると天井が高く白い箱のような部屋の中にいた。

水晶玉が魔法陣を囲むように五か所に配置され、その真ん中にフィーネとノアは立っている。

「ノア様、ここはどこですか？」

フィーネはきょろきょろとする。さっきまで石造りの堅牢な実験棟にいたのに、ここはまるで違う場所だ。

「王都のタウンハウスの一室だ」

「え？」

ノアに連れられ、半信半疑で白い部屋を出ると、磨き上げられた長い廊下があった。

そして、目の前に執事服を着た男が一人立っている。

「ノア様、お帰りなさいませ」

「ただいま。フィーネ、彼はフェルナンだ。ロイドの兄で、このタウンハウスの執事をしている。用がある時は彼に言いつけるといい」

フィーネは挨拶をしつつも、心ここにあらずだ。一瞬で王都に着いてしまうなど、フィーネは見たことも聞いたこともない。

案内されるままに、エントランス方面に向かい中央階段を上がると、大きな両開きの扉があった。開いた扉の先は、高い天井からクリスタルのシャンデリアが下がり、絹張りのソファがおかれた豪華なサロンになっている。

大きく張り出した窓から、外の景色を見た。すぐそばに王宮も大聖堂もある。ここは間違いなく、王都だ。窓外の景色からして、ノアの屋敷は一等地に立っている。フィーネの中にじわじわと王都へ来たのだという実感がわいてきた。

「ノア様、すごいです！」

フィーネは驚いてノアを振り返る。

「画期的な発明ではあるが、まだ実用段階ではない」

窓に噛り付くフィーネをソファに座るように促しながら、ノアが言う。

「どういうことですか？」

座り心地のよいソファに腰かけ、フィーネは首を傾げた。

「あの魔法陣を使うには膨大な魔力がいるのだ。使える者は限られる」

そう言ってノアは、ポーションを二本出す。

一本はフィーネの分で、もう一本はノアが飲んでいる。

「あの、私までついてきて、ご負担だったのではないですか？」

「お前一人くらい問題ない」

二人が話している間にもフェルナンが手際よく、お茶の準備をしてくれている。

目の前にアツアツのスコーンが置かれ、クロテッドクリームに黒すぐりのジャムが添えられていた。

フィーネはフェルナンに礼を言ってから、好物のスコーンを手に取る。

「お茶を飲んで一休みしたら、さっそくフィーネの服を買いに行こう」

ノアが紅茶を飲みながら提案した。

「え？　私の服ですか？」

フィーネは今までおさがりばかりで、服を買ってもらったことはない。

「ノア様、服はいりません。だって私はもうすぐ――」

そんなフィーネの言葉を遮るように、ノアが咳払いをする。

「これから、俺たちは一週間ほど王都に滞在する予定だ。フィーネの訪問着がそれ一着では不便だろう。なんといっても大切な実験体だからな。お前の気に入った服や宝飾品をなんでも買ってやる」

ノアの言葉に、フィーネは目を丸くした。

なぜだか、ノアはフィーネが望んでもいないことまで、かなえようとしてくれる。

「ノア様、私は書店とカフェに行きたいだけです。あとはできれば植物園へ。いくらなんでも、甘やかしすぎです……」

フィーネは自分の望みだけを口にする。

「安心しろ、もうすぐ死ぬお前に贅沢を教えてやるだけだ。着飾る楽しみを覚えるといい。お前は好きなだけ強欲になれ」

きっぱりと言い放つノアを見て、フィーネは唖然とした。

（ちょっと口は悪いけれど、とんでもなく良い人。それなのに、どうしてあんなひどい噂が流れているのかしら？　むしろ人がよすぎて心配だわ）

フィーネは甘やかされることに慣れていなくて、どきどきしてしまう。

初めはアップルパイが食べたいだのなんだのとリクエストしていたが、ノアがこの程度でいいのかと、どんどんフィーネの欲求をエスカレートさせようとするので、願いを口にするのが怖くなってきた。

「あの、ノア様は今まで人に騙されたことありませんか？」

不安そうに首を傾げるフィーネを見て、ノアが不敵に微笑んだ。

「さあ、フィーネ、出かけようか」

そう言うとノアは顔を半分だけ隠す仮面をつけた。そうすると端整な面立ちの男性の顔が現れる。火傷のないノアの左側半分は美しく理知的だ。服装もいつものぞろりとしたローブ姿ではなく、黒の上下でいかにも貴族の好青年という感じ。長い脚に、適度に引き締まった体、すらりとした長身。ノアはローブの下にこんな姿を隠していたのだ。

彼はいろいろな開発をしているのに、火傷の跡を消す薬は作らないのかと不思議に思う。

「ノア様、綺麗です」

フィーネが率直な感想を述べると、ノアが途端に赤くなる。

「な、なにを言っている！　そんなわけないだろうが！」

本人は嫌なようだ。人に好かれるのも嫌がり、容姿を褒められるのも嫌がるとは……。

「ノア様は変わった方ですね」

「お前もいい勝負だ。では行くぞ」

ノアが、フィーネにエスコートの手を差し出した。

フィーネは男性にエスコートされるのは初めてで、ちょっぴりドキドキした。ノアの差し出された手に、ぽんと自分の手を重ね、馬車に乗り込む。ノアはフィーネを実験体と呼ぶくせに、まるで貴婦人のように大切に扱う。そしてなんでも願いをかなえてくれる。彼はいつでも紳士だ。

「遅ればせながら、ノア様、いつぞやは暴漢から助けてくださって、ありがとうございました」

フィーネが深々と頭を下げる。彼女が初めて参加した仮面舞踏会の時の話だ。

「ふん、気づいていたのか」

ノアが馬車の中でフィーネの向かい側に座り、そっぽを向く。ほんのりと彼の耳が赤い。

「ああ、やっぱり、ノア様だったんですね」

「おい！　かまをかけたのか」

フィーネの言葉にノアが気色ばむ。やはりこの人は騙されやすいのではないかと、フィーネは思う。

「あのように親切な方は、そうそういませんからね。そういうノア様も私だと気づいていたのでしょう?」

「気づいていたも何も、お前、あの時、仮面が外れかけていたぞ」

「ええ！　本当ですか！」

フィーネは赤くなり、頬に手を当てる。

「それで馬車まで送った時にハウゼン家の人間だと知った。主催者に聞けば、ミュゲ・ハウゼンが出席したと言っていた。だから、お前と会う気になったんだ」

「え?　そうだったんですか?」

「ああ、俺は社交に疎くて、あの時も、お前と姉が入れ替わっていることに気づかなかった」

「では、姉が素直にノア様のもとに来ていたらどうしたんです?」

「叩き出したに決まっているだろ」

即答だった。

「そうですか……」

しかしフィーネは、優しいノアにそんな真似できるはずがないと思った。

ノアがまずはドレスを買おうと張り切っている。

王都でいま一番流行っているという服飾デザイナーのマダム・フランシルの店に行くことになった。

フィーネはミュゲがその店のドレスが欲しいと、父にねだっていたことを思い出す。ミュゲに甘い父が、高すぎると言って珍しく買い渋っていた。

ノアと共に馬車を降りると、大きくて立派な店構えにフィーネは気後れした。しかし、ノアは慣れた様子で店に入っていく。

するとノアのもとに、すぐに女性店員がやって来た。

「彼女に似合う服を何着か見繕ってくれ」

ノアの言葉にフィーネは目をむいた。

「いえ、一着で結構です！」

おそらくどれも目玉が飛び出るほど高いはずだ。

フィーネが店員に案内されるまま店内を見て回っている間、ノアは店員の勧められるままにソファに座り紅茶を飲みながら待っていた。

店員はフィーネにいろいろなドレスを勧めるが、まったく値段がわからなくて困ってしまう。彼女は一番安いものを買おうと思っていたのに。

途方に暮れているとソファに座って待っていたノアが、フィーネのそばにやって来た。どうやら、いつまでも決められないフィーネにしびれを切らしたらしい。

「フィーネ、選べないのか?」

「ええ、どれも素敵で」

というより、値段がわからなくて選べない。うっかりこの店で一番高いドレスを選んでしまったら、どうしようかと悩んでいたところだった。

「それでは俺が選んでやろう」

フィーネにとっては好都合だ。彼が自分の懐具合と相談して買ってくれるならば、気をもまなくても済む。

「どれにいたしましょう」

店員はもみ手でノアのそばに立つ。

「フィーネは何を着ても似合うからな。とりあえず、そこからそこまで全部くれ」

ノアが優雅に右手の人差し指を店内の左から右に動かす。

「は?」

フィーネは瞠目した。

「ありがとうございます!」

店員のはずむような声を聞き、フィーネは我に返る。

「いけません! ノア様、それ絶対だめだから!」

フィーネは慌てて止めに入る。

結局フィーネとノアは話し合いの末、ノアが指さした半分のドレスを買うということで決着がついた。

「何度も言っているが、俺は金持ちだ。いくらでも買ってやると言っているのに」

ノアはすごく不満そうだったが、フィーネはふるふると首を振る。

フィーネは余命いくばくもないというのに、店のドレスを買い占めようとするなんて信じられなかった。日替わりでドレスを着ても全部は袖を通せないだろう。


その後、二人はカフェに行くことにした。

フィーネはカフェに入るのが初めてで、少しどきどきした。オープンテラスのあるおしゃれな店だ。

「わあ、素敵な店ですね。それにお菓子の甘い匂いがします」

店内は女性客やカップルで賑わっている。

「お前の好きな甘いものがたくさんある。遠慮せずいくらでも頼むといい」

カフェならば、そんなに金を使うこともないだろうとフィーネは少しほっとする。

「ありがとうございます。でも一個で十分です」

フィーネは少食なので、あまりたくさん食べると、夕食が入らなくなってしまう。

メニューを開くと、洋ナシ、リンゴ、イチゴ、ベリー、レモンなどいろいろな種類のタルトがある。フィーネはついつい目移りしてしまう。結局、店員におすすめを聞くことにした。

「フィーネ、決まったのか？」

「はい、たくさん種類があるので、店のおすすめを聞いてみようかと思います」

頃合いを見計らったように注文を取りに来た店員に、フィーネはさっそく、おすすめのタルトを聞く。洋ナシのタルトが一番人気だというので、それに決めた。

ほどなくして、紅茶とタルトが運ばれてくる。

しかし、なぜかタルトは、次から次に運ばれてきて、全種類テーブルに並べられた。テーブルの上はタルトでいっぱいだ。

「あの、私、洋ナシのタルトを頼んだのですが？」

フィーネが慌てて店員に言う。

「こちらのお客様が、タルトをすべてご注文されたので」

「ノア様、いつの間に……？」

フィーネが驚いて目を見開く。

「安心しろ。残ったら、使用人への土産にする」

それを聞いてフィーネはほっと胸をなでおろす。

「それならば、私は洋ナシのタルトをいただきますね」

「フィーネ、先のことばかり考えるな」

ノアが真剣な表情で言う。

「え？」

「お前のことだ。どうせ、食べすぎると夕食が入らなくなると思っているんだろ。夕食を残したら、料理人に申し訳ないだとか。今日ぐらい腹いっぱいケーキを食べてもいいではないか。せっかく初めてカフェに来たんだ。今を楽しめ」

フィーネは目からうろこが落ちる思いだった。彼の言う通りだ。フィーネには時間がない。

「そうですね。それならば、どこまで食べられるか挑戦してみます！」

結局フィーネのチャレンジは三個で終わった。

「嘘だろ？　こんな小さいの三個しか食べられないのか？　冗談とかではないよな」

そういうノアは一つも食べていない。

この店のタルトは、見た目は小さくてかわいいが、フルーツの下にクリームが敷いてあって一つ一つ食べごたえがあるのだ。

「はい、これ以上食べると……。おいしかったです」

フィーネはおいしく感じるうちに、お茶を終わらせた。

店で残りを包んでもらい、二人は再び馬車に乗り込む。

タルトを食べすぎたせいか、フィーネはほんの少し馬車に乗っただけで、酔いを感じた。

するとノアがフィーネに茶色の小瓶を差し出す。

「飲んでみろ、胃もたれや乗りもの酔いに効くはずだ。お前は実験体だからな。飲み終わったら、どんな様子か教えてくれ」

もう何も口に入らない気がしたが、とりあえず実験体としての仕事ならば、やりとげないわけにはいかない。瓶も手のひらに収まる大きさだし、何とか飲みきれるだろう。フィーネはひと思いに飲み干した。

すると、すぐに気持ちの悪さが引いて、清涼感が鼻を抜ける。ぴたりと酔いと胃もたれが治まった。

「あら、なんともない。ノア様、すごいです。この薬、とっても効きます」

「それはよかった」

「ノア様。私を実験体とか言っていますが、実はこれとってもお高いお薬だったりしませんか？」

フィーネの問いにノアがふいと顔をそらす。

「問題ない。薬は俺が作れる」

どうやら図星だったようだ。

「やっぱり、高額なお薬だったんですね？　それをタルトの食べすぎに服用してしまったんですね、私」

フィーネが心持ち青ざめる。

「そういえば、宝飾店がまだだったな」

ノアがあからさまに話題をそらした。

「ノア様、もうお買い物は十分です！」

フィーネは慌てて止める。

「しかし、フィーネは、宝飾店に行ったことがないだろう？」

「はい、まあ、行ったことはないです」

フィーネは素直に頷く。もともとフィーネは宝飾品を持っていなかった。

貴族の娘にしては稀有なことだ。

「では、今日を新しい経験を積む日としよう」

ノアはそう宣言すると、御者に王都一の宝石店へ行く旨を伝えた。

今日の彼は聞く耳を持たないようで、フィーネは説得をあきらめた。

「ノア様、ありがとうございます。非常に楽しみですが、くれぐれも『ここからここまで』はやらないでくださいね？」

フィーネは、しっかりとくぎを刺す。あれは心臓に悪すぎるのだ。

「ははは、やるわけがないだろう？　宝飾店だぞ」

彼にしては珍しく、愉快そうに笑う。

「そうですよねえ、ふふふ」

ノアの返事を聞いて、フィーネはほっとした。


馬車は街一番の宝飾店へと向かった。

宝飾店の前で馬車を降り、ノアのエスコートで瀟洒な門構えの建物に入る。

一歩店内に入った瞬間、フィーネはそのきらびやかさに圧倒された。

店内には赤いじゅうたんが敷き詰められ、ショーケースには色とりどりの石を使った首飾りや、ブレスレット、イヤリング、指輪、ブローチなどが並べられている。

そして店の中央には大きなガラスケースがあり、ダイヤを贅沢にあしらい中央に大きなルビーを埋め込んだネックレスが展示されていた。きらきらしていてまるでシャンデリアのようなネックレスだとフィーネは思った。

それと同時に店の格式の高さに、フィーネは緊張を覚える。

ノアのもとへさっそく男性店員がやって来た。どの店の店員も一目でノアが金持ちの高位貴族とわかるようだ。彼が仕立てのいい服を着ているせいかもしれない。それに顔の半分を銀の仮面で隠し、艶やかな黒髪も整えているので、品のよい美青年に見える。

ぞろりとしたローブを着て、フードを目深にかぶり、ぼさぼさの髪をしたいつもの姿とはずいぶん違う。まるで別人だ。

なるほど、彼はこのぱりっとした姿で、外出して買い物をするのだなと思った。まるで変装みたいだ。

「お客様、そちらのご婦人へのプレゼントですか？　どちらにいたしましょう？」

店員がにこやかに聞いてくる。

「そうだな。とりあえずこの店で一番高価な宝飾品を持ってきてくれ」

「は？」

フィーネが目を丸くしている間にも、店員は嬉々として中央のガラスケースに近付く。そこには最初に目に入ったシャンデリアのようなネックレスが飾られている。

「お待ちください！」

フィーネは青くなり、慌てて店員を止めた。

「どうしたんだ、フィーネ？」

ノアが訝しそうな視線をフィーネに向ける。

「どうしたも何も、まさかあのネックレスをお買いになるつもりですか？」

おそらく王都の一等地に屋敷が数軒買える値段だろう。

「そうだが？」

当然のようにノアが答える。

「無理です。あのように太くて重い鎖では私の首が折れてしまいます」

鎖というより、もはや宝石をちりばめたストラだ。フィーネは必死に訴えた。

「なるほど。確かにお前の骨格は華奢にできている」

ノアが思案するように顎に手をあて、フィーネを見る。

「そうですよ。ノア様、あのような大きなものを身に着けて歩くなんて無理です」

「わかった。それでは自分で選ぶか？」

フィーネはノアが思いとどまったようなのでほっとした。

「はい、私は買っていただいたものは大切に身に着けたいのです。だから普段使いできるものを一つ選びます」

この店で、一番高いものはわかっているので、フィーネはノアが爆買いを始める前に自分で選ぶことにした。

フィーネの目にちょうどサファイアをちりばめた銀の髪飾りが目に入った。ノアの瞳のように深い青だ。

「ノア様、私、あの美しい髪飾りが欲しいです」

そう言いつつもフィーネは値段がわからなくて気になっていた。小さいからといって安いとは限らないし、そもそもこのような店に安いものは置いていない。

「そうか、わかった。では追加を頼む」

ノアが、前半はフィーネに、後半は店員に声をかける。

「追加って、どういうことですか？」

途端にフィーネの心臓はドキリと跳ねた。

「うむ、心配するな。俺も少々買い物をしたい」

「そうだったんですね」

フィーネはそれを聞いてほっと胸をなでおろす。

「フィーネ、俺は支払いがある。お前は先に馬車に戻っていろ。疲れたような顔をしている」

確かに彼の言う通り、初めての経験は心躍るが、刺激が強すぎて心臓に悪い。先ほどからバクバクと鼓動が鳴りっぱなしだ。

それに緊張しすぎて疲れを覚えていたので、フィーネは彼の言う通り素直に馬車に戻った。


翌日、ノアと一緒にサロンで午後のお茶を飲んでいると、宝飾店からたくさんの箱が届いた。使用人たちの手で次から次へとサロンに運び込まれてくる。

「ノア様！　これ全部私宛なんですが！」

フィーネが目を丸くした。

「そんなことはない。俺のもある」

そう言ってノアは小さな箱を一つとる。

「カフスを買った」

つまりそれ以外はすべてフィーネ宛ということで……。震える声で、礼を言うと、フィーネは恐る恐る箱を開けていく。ノアはフィーネの瞳と同じ色の宝飾品をいくつも買い込んでいた。エメラルドに翡翠、ペリドット。果てはダイヤやルビー、サファイアまで紛れ込んでいる。

「ノア様。買っていただいたものは大切に使いたいので、一個だけにしますと言いましたよね」

フィーネが訴える。彼女が買ったのは髪飾り一つなのだから。その髪飾りを探し出すのもひと苦労だ。

するとノアが不思議そうに首を傾げた。

「なぜだ、フィーネ。首は一つしかないが、三連でネックレスは付けられるし、腕は二本。指は十本あるだろう？　それに指輪など一本の指に重ね付けをするご婦人もいるではないか」

ごく普通のことのよう言って、彼はこくりと紅茶を飲む。

「まさか全部の指に指輪をはめろと？　ノア様、そういう問題ではありません！」

ここは感謝すべきところなのだろうが……。フィーネは申し訳なさに頭を抱えた。

もうすぐいなくなるというのに、彼にとんでもない散財をさせてしまった。

「いや、まったく問題ない。俺のポケットマネーだ」

ノア・シュタインはとんでもない男だった。人の話をまったく聞かない。そればかりか……。

（この人、今にきっと騙されるわ）

フィーネは戦慄する。

そして、ノアが誰かに騙されることのないように、ずっと見守っていてあげたいと、フィーネは心の中でない物ねだりをした。

「そうだ、フィーネ。手を貸して」

ノアがそう言って淡く微笑む。

「え？　はい」

不思議に思いつつもノアに手を差し出すと、人差し指に指輪を一つ付けてくれた。

フィーネはどきどきとして赤くなる。男性に指輪をつけてもらうのは初めての経験だ。まるで彼の特別な存在になったような気がしてくる。

王都へ来て、一番のどきどきかもしれない。

そしてフィーネがどきどきしている間に、ノアがフィーネのすべての指に指輪をつけ終わっていた。

「あの、ノア様？　これはいったい……」

金やプラチナのリングに大きな宝石をはめ込んだ指輪は地味に重い。まさかこれからずっとこの状態で過ごせというのだろうか？

「フィーネ、軽く手を握ってみろ」

ノアに言われた通りに手を握ろうとするが、指輪同士が邪魔をして上手くいかない。フィーネは何とか緩く指を曲げることに成功した。

「いいぞ、フィーネ。もし暴漢に襲われそうになったら、それで殴れ」

「……」

やはりこの人は変だ。フィーネは自分の手をまじまじと見て途方に暮れる。

彼女がいつまでも固まっているのを見て、ノアは何か思うところがあったようで、おもむろに親指と小指の指輪を外す。

「まずは三本から試してみるか？」

真剣な表情で問うノアに。

「ノア様、いろいろ重いです」

「え？　まだ重いのか？」

字義通りに受け取ったノアは、困ったように眉を下げた。

これほど彼によくしてもらっても、フィーネには返せるものが何もなかった。

閑話　第二王子エドモンド2

エドモンドは幼馴染でもあるノアが心配だ。

ノアは子供のころから、一度研究に熱中すると周りが見えなくなるところがある。そのせいか、せっかく魔法陣による転移装置を開発したというのに、ノアは数か月前から魔塔へあまり戻ってこなくなった。

彼は社交もせず、おかしな噂を流されても我関せずで、実験にのめり込んでいる。

いつでも帰れるというようなことを言っていたのに、実際にはほとんど領地にこもりきりだ。彼は魔塔の筆頭魔導士なので、この状況は非常にまずい。せめて月に二、三度は魔塔に戻ってきてもらいたいものだとエドモンドは考えていた。

天才魔導士だからといって、研究だけしていればいいというわけにはいかないのだ。魔塔にも派閥があるのだから、己の派閥が盤石でなければ、研究の妨げになりかねない。

それとも一つ、フィーネ・ハウゼンのことが気にかかっていた。彼女はまだノアのもとにいるのだろうか？　それとも、もう……。

そんなおり、ノアがふらりと王宮のエドモンドの執務室にやって来たので驚いた。彼の方からこちらに来るのは非常に珍しいことだ。

早速、人払いをして、二人で話をすることになった。ノアはちょっと顔を出しに来ただけだろうが、エドモンドの方には積もる話がある。

「お前から私のもとに来るなんて珍しいこともあるものだね」

「前回、挨拶にも来ないと魔塔まで押しかけてきたのは誰だ？」

エドモンドの皮肉をいつもの淡々とした口調で受け流す。彼はエドモンドの対面にあるソファに腰かけ、フードを外した。

二人だけで会う時は、ノアは素顔を見せる。相変わらず左半分は美しい顔をしていた。

今テーブルには熱い紅茶の入ったティーカップとスコーンやサンドイッチなどの軽食が並べられている。

「そりゃあ、気になるだろう。君には熱烈な信奉者もいるが、なりふり構わず足を引っ張る一派もいる」

「長く留守にしているからな。本来なら、もう少し頻繁に王都に帰ってくる予定だったが、いろいろとあってね。少し相談がある」

そう言ってノアはサンドイッチに手を伸ばす。

「いろいろと？　何か妨害でもあったのか？　それとも手に入りにくい素材があるとか」

ノアの頭の中はたいてい研究のことでいっぱいだ。この天才が珍しく研究に行き詰まっているのかとエドモンドは思った。

サンドイッチを咀嚼し、王宮で出される最高級の紅茶を一口飲むと、ノアはおもむろに口を開いた。

「実はこの間話した、ハウゼン家の令嬢なのだが」

「亡くなったのか？」

エドモンドの一言に、ノアは目を見開いて突然がたりと立ち上がる。

「何を言う！　俺が診ているのだぞ？　みすみす死なせるわけがないだろう」

珍しく彼が興奮している。

「え？　お前、どうかしたのか？　とりあえず落ち着けよ」

エドモンドは旧友の激しい反応に思わずのけぞった。

「どうもこうも、風変わりな令嬢でな」

彼は再びソファに腰かけると口を開いた。

「まあ、この間経緯は聞いたが、やはり変わっているのだろうなあ」

ノアに気に入られていることからしてもわかる。

「だが、とても明るくて行動的で優しい。そのうえ使用人たちと仲がいいんだ。皆にかわいがられていて、彼らがフィーネの世話を率先してしたがる」

ノアが女性を褒めていることに驚き、エドモンドは危うくティーカップを落とすところだった。

「使用人たちと仲がいいのか？」

シュタイン家の使用人たちは外部の者に対して、非常に警戒心が強く、彼らはシュタイン家に忠誠を誓っている。子供のころ、時おりシュタイン領を訪れたが、あの家には驚くほど有能で怖い執事やメイドがいるのだ。

「体調がいいと厨房で菓子作りを始めて、使用人たちと一緒にティータイムを楽しんでいる」

エドモンドは紅茶をむせそうになる。

「どういうことだ？　伯爵令嬢だよな？　なぜ菓子作りなどできる」

「本人は祖母から習ったと言っていた」

「その祖母も貴族なのだよな」

エドモンドはいちおう確認すると、ノアが首肯する。

「子供のころ、祖母のもとで使用人と共に食卓を囲むこともあったと言っていた」

エドモンドはこの会話の着地点が気になった。研究オタクのノアがわざわざ王宮のエドモンドのもとに出向いて女性の話をするなど、ついぞなかったことだ。

「で、何が問題なんだ？」

「もうすぐ死ぬ気の毒な奴だから、なんでも願いをかなえてやろうと言ったんだ」

エドモンドは、開いた口がふさがらない。

「はあ？　ノア、その言い方はどうかと思うぞ。それでご令嬢を怒らせたのか？」

ノアがびっくりしたような顔でエドモンドを見る。

「なぜ、フィーネが怒る？　彼女は笑ったんだ。それから、アイスクリームの載ったアップルパイが食べたいと言った」

エドモンドはノアの言葉に胸を打たれた。

「風変わりどころか、とんでもなく素敵な女性ではないか」

そのような女性が余命わずかだとは残念だと思う。

「当たり前だ。フィーネは美人で気立てがいい。それに彼女は何でも一度で覚えるくらい頭もいいのだ」

あれほど貴族女性を鬱陶しがっていたノアが、手放しで褒めている。

「なら彼女の言う願いをかなえてやれ」

「だから、ささいなことばかりなんだ。もっともアイスクリームはいつでも食べられるように俺が作っているのだが、彼女のためにできるのはそれだけだ」

「お前が、女性のためにアイスクリームを作ってやっているのか？」

エドモンドは思わず穴のあくほど、友人の顔を見つめた。するとノアが珍しく頬を染め、顔をそむける。

「べ、別に本を読みながらでも簡単に作れる。たいした時間もかからないし、問題ない」

ノアが照れるなどめったにないことだ。

「……で、結局何の相談がしたいんだ」

　これは恋の相談だと気づいた。だが、ノア本人にはあまり自覚がないようだ。相手の寿命を考えると、つらい恋にならなければよいと思う。

「つまり、女性は何をしてやれば、喜ぶ？」

「世間一般では買い物だな。女性は高価で値の張るものを贈られるのが好きだ」

　だが、ノアの言うご令嬢が、それに当てはまるかというと甚だ疑問だ。

「それくらいならば、俺も思いついてやっている。しかしドレスを買い占めようとすれば、死ぬまでにすべて袖を通せないからと言って半分に減らされたし、宝飾品をたくさん買ってやれば重いと言うし」

「その重いっていうのは物理的なものか？　心理的なものか？」

　エドモンドは思わず身を乗り出して聞いた。

「ん？　大きな石のついた指輪を全部の指にはめてやった時に言っていたから、物理的なものだろ。心理的なものとはなんだ？」

　親友はとんでもない朴念仁だった。だが、彼女がこの世からいなくなった後に己の思いをはっきりと自覚するよりも、今知っておいた方が彼のためだと思えた。

　きっとノアならば、彼女とかけがえない思い出が作れるだろう。

「ノア、そのご令嬢といると、とても楽しいのではないか？」

「面白い奴だから、一緒にいて楽しいな。研究以外のことを楽しいと思ったことは久しくないが、彼女と過ごす時間は……」

そこまで言ってノアは訝しげな顔をしてエドモンドを見る。

「で、彼女と過ごす時間はどうなんだ」

エドモンドは、それに構わず先を促す。

「不思議なんだ。子供のころから見慣れている城周辺の景色が、彼女と一緒に眺めると数十倍も数百倍も美しく見える。まるで初めて見る場所のように。ん？　これもフィーネの魔力なのか？」

友人がいよいよポエムを語り出したかと思えば、別の方向に行ってしまった。

「違うと思うぞ。つくづく自分の気持ちに鈍感なんだな。彼女の望むことをしてやればいいのではないか。おそらく彼女はお前と一緒に楽しみたいんだろう」

さすがにここまでくると友人が気の毒になってきた。

「俺と一緒に？　フィーネは優しいからそうかもしれないが、俺は彼女を心ゆくまで楽しませたい」

「なぜ相手も同じように考えていると、思わないんだよ。気立てがよく優しい娘なんだろ？」

ノアは驚いたようにエドモンドを見る。

「確かに、俺の思いを押し付けてはいけないな」

「で、お前は彼女のことをどう思っている？　これからどうしたいんだ？」

「どうしたいとは？」

ここまで言ってもノアはピンとこないようだ。

「だから、お前は彼女をどう思っていて、これから彼女とどのように過ごしたいんだ？」

エドモンドの言葉に、ノアがハッとした表情をする。

「そうか……俺は、フィーネのことを」

今度は頬を染めることなく、彼は真剣な表情で虚空を見つめる。やっと自分の思いに気づいたようだ。


エドモンドはノアが執務室から去った後、しばし彼らの幼いころに思いをめぐらせた。

ノアとの初対面はもう覚えていない。もの心ついた時にはそばにいた。そんな昔から二人は友人同士だった。

ノアは小さなころはやんちゃだった。

あれはまだ六、七歳ごろのことだったと思う。シュタイン領のきらきらと輝く湖のそばの芝生に寝っ転がりながら、彼と話した。

「ノア、お前は将来、何になりたいんだ？」

「当たり前のこと聞くな。俺は跡取りだから、ここを継ぐ」

何の迷いもなく彼は即答した。

「だが、お前は魔力が高いし、実験も好きだろ。魔導士にならないのか？」

すでにこのころからノアは神童と呼ばれ、天才の片りんをみせていた。

「ん？　実験は好きだが、まだそこまで考えたことはない。そういうエドは何になりたいんだ」

「僕には、将来なんてないよ」

その頃エドモンドは王宮での生活に息苦しさを感じていた。

「なんで？　エドは、この国の王子なんだろ？」

「王子は王子でも二番目だ。第一王子のスペアだよ。兄上に何かあった時、代わりを務める。それが僕の役割。生まれた時からそう決まっているんだ。だから、いつでも兄上の代わりができるように同じことを学ばされている。まるで影みたいだ。退屈でたまらない」

つまらなそうにエドモンドは語る。

「なら、第二王子をやりながら、何かやればいいじゃないか？　エドにしかできないこと」

ノアはなんでもないことのように言う。

「僕にしかできないこと？」

エドモンドは自分を兄の代わりでしかないと思っていた。

「俺は父上や母上から、エドは偉い奴だから敬語を使うように言われている。そんなに偉いなら、王族の権力を使ってなんだってできるじゃないか？」

エドモンドは目からうろこが落ちた気がして、がばりと起き上がる。

「そうか、僕にも可能性があるのか」

「なんだよ、いまさら」

あきれたようにノアがエドモンドを見る。

「じゃあ、僕はお前がいっぱい実験できるように魔塔の施設を改善するよ」

「施設の改善？　なんだか王族は難しいことを言うのだな。俺のことより、自分でいろいろ実験してみればいいだろう」

「何言っているんだよ。王族だからできることなんだ。それに僕しか思いつかないし、僕にしかできないんだ」

エドモンドは目をキラキラと輝かせる。

「よくわからないけれど、やりたいことが見つかってよかったな。それより、早く釣りに行こうよ」

ノアも起き上がって、服に付いた草をパンパンと手で払う。

「そうだな。あ、今日は魔導具や魔法を使った釣りは禁止だからね。これは王子として命令する」

「なんでだよ？」

ノアが不満そうに眉間にしわを寄せる。

「だって、それだと毎回お前の勝ちじゃないか！　フェアじゃないだろ」

「まったく王子様はわがままだな。それじゃあ。木登り競走にするか？」

「それはこの間、護衛に見つかって叱られたばかりだ」

エドモンドがしゅんとする。

「任せろ！　俺が穴場を知っているし、護衛もまいてやる」

「すごいな、ノア！　また新しい魔導具を作ったのか」

「空間に干渉するもので、護衛たちはそこをぐるぐる回って足止めだ」

「それ、ちょっと可哀そう」

エドモンドが困ったように眉尻を下げる。

「大丈夫、そんな長い時間継続しないから。じゃあ、エド、今からあっちの森へ行こう！」

ノアが元気に声を張り上げ走り出す。エドモンドも彼を追いかけた。

「よし、いつも通り勝った方が、負けた方の分もおやつをもらう」

王族だから、いつでも好きな時においしいおやつを食べていると思われがちだが、エドモンドの生活は厳しく管理されていて、ここに遊びに来た時くらいしか自由がないのだ。

「よし！　勝負だ」

だが、たいてい何でもノアの勝ちで、あのころの彼の笑顔は無邪気で眩しいものだった。

それがあの事故以来、明るく人好きのするノアがすっかり変わってしまい、研究にしか興味を示さなくなってしまった。

しかし、まっすぐで頑固なところはそのままで、一番信頼のおける友であることに変わりはない。

長じてノアは魔導士になり、たくさんの不可能を可能にしてくれた。彼と共に大陸最先端の研究機関である魔塔をけん引していけることを誇りに思う。

ノアはエドモンドにとって大切な友人であり、恩人でもあった。

周りの口さがない連中が言うように、二人は利害関係だけでつながっているわけではないのだ。

誰がなんと言おうとノアはエドモンドの親友だった。

第八章　フィーネ、王都を満喫する

翌日、フィーネは部屋で休んでいた。寝込んでしまうほどではないが、王都に来て少し疲れが出てきたようだ。

ノアは魔塔に出勤しているという。王都では彼が魔塔を去ったという噂が広まっているが、実際には籍があり彼の研究室も健在だという。その割には、ノアはずっと領地にいたので、やはり天才は扱いも違うのだなとフィーネは感心していた。

午前中は自室で食事をとり、ゆっくり休んでいるとフィーネの体調はよくなってきた。

ノアはこれを小康状態だと言っていた。すべてノアが調合してくれるポーションのお陰だ。

フィーネは死ぬまで小康状態が続けばいいのにと願ってしまう。しかし、それは無理な話だろう。

ベッドから起き上がるとノックの音が聞こえた。

入ってきたのはここでフィーネの世話をしてくれているメイドのリジーだ。

「フィーネ様、マダム・フランシルがいらっしゃいました」

「え、マダム・フランシル？　ノア様と行った洋装店の？」

フィーネは目を丸くした。

「ええ、今日はお針子が来るという連絡は受けていたのですが、マダム・フランシルも一緒にいらしたので、私も驚いております」

少し興奮気味にリジーが言う。

「お針子って、どういうことですか？」

フィーネはノアから何も聞かされていなかったのでびっくりした。

「たくさんドレスをお買いになりましたでしょう？　フィーネ様の体型に合わせてお直ししなくてはなりませんからね」

「ノア様は、わざわざそのためにお針子を呼んでくださったの？」

そういえば、店ではサイズを測らなかった。ドレスを買うのが初めてのフィーネはノアの買い方に度肝を抜かれ、そのことに気づかなかったのだ。きっとノアはフィーネの負担にならないように配慮してくれたのだろう。

「はい、ご主人様がフィーネ様のお体にご負担がかからないようにと」

ノアの気遣いにフィーネはじんときた。

「ノア様、お優しいです」

「ええ、そうですね。ではフィーネ様、さっそく準備をいたしましょう」

リジーをはじめとしたメイドたちが、寝巻のフィーネを着替えさせる。

ほどなくして、きらびやかな雰囲気を纏ったマダム・フランシルが、五人のお針子を引き連れて部屋へ入ってきた。

マダムは深く腰を折る。

「お嬢様、お初にお目にかかります。フランシルにございます。本日はシュタイン公爵閣下の命によりはせ参じました」

仰々しい挨拶にフィーネはあっけにとられた。

「これほどお美しいお嬢様に、うちのドレスを着ていただけるなんて恐悦至極にございますわ」

ぺらぺらとフランシルがフィーネを褒めたたえている間に、フィーネをお針子たちが囲む。フィーネは立ったまま指示に従ってればいいだけだ。作業は十分もかからなかったと思う。

フィーネはお針子たちの手早さにただ驚くばかり。

「それではフィーネ様、二日後には三着ほどお届けできるかと存じます。その他のドレスも後日必ずお届けに上がりますわ」

マダム・フランシルは妖艶に微笑むと、針子たちを引き連れて嵐のように去っていった。

「マダムは、美しくて魅力的な方ですね」

こんな経験、普通ならばできないだろう。突然の出来事にフィーネの思考はフリーズしていたが、今になって感動してきた。

（王都一のデザイナーとお話ししてしまったわ）

「よほどフィーネ様にご興味があったのでしょう」

そう言ってリジーがころころと笑う。

「せっかくノア様からいただいたのですから、私もマダム・フランシルのドレスが少しでも似合うようにならないと」

「フィーネ様なら、マダム・フランシルのドレスもきっと素敵に着こなせますよ」

リジーもマーサと同じく、とても親切で、フィーネの体調を常に気遣ってくれている。それに毎日『フィーネ様の御髪《おぐし》は本当にお美しいですね』と言って髪を丁寧にくしけずってくれた。実家では忌み嫌われた白金なのに、ここでは皆が褒めてくれる。気恥ずかしさもあったが、とても嬉しかった。

「フィーネ様、そろそろ昼食にいたしましょうか？」

「はい、お願いします」

ノアの周りには、優しくて温かい人ばかりが集まる。彼が優しいからだろうか。

そして、フィーネはノアに買ってもらったばかりのジュエリーボックスの中身を吟味する。今日身に着ける宝石を選ぶのだ。フィーネは箱を開けるたびにどきどきする。

指輪はすべてフィーネの指のサイズに合っていた。ノアが実験中に計測していたのだ。窓から差す日差しに反射してきらめく指輪の数々は各指のサイズごとにきちんと収納されている。

さすがに五本の指にはできないが、左右の指に一つずつならばいいだろう。フィーネは彼からもらった指輪やネックレスなどを日替わりで身に着けることに決めていた。

打ち止め間近の命だからこそ、フィーネは真剣に選ぶ。

ノアのお陰で、日々楽しみなことが増えていく。


「すごいですね。ロマンス小説ってこれほど数があるのですか！」

フィーネは大きな書棚の前で、目を瞬き歓声を上げる。

今日はノアに、王都で一番多くロマンス小説を置いているという書店に連れてきてもらっていた。

二日ぶりの外出だ。

自分の余生を考えると、これだけの量は読み切れない。それならば、数冊選んで繰り返し読むのもいいだろう。フィーネは五冊ほど買ってもらうことにした。

それに自分の読みたい本を自分で選ぶのは初めてのことで、とても楽しい経験だった。

「読みたい本は選べたか？」

「はい！」

書店員によると、いずれも王都で流行りの小説だそうで、今から読むのが楽しみでたまらない。

「次は、植物園に行くが、疲れていないか？」

馬車に乗り込むと、ノアがフィーネの体調を確認する。

「はい、大丈夫です」

フィーネは早く本が読みたくて、一冊かかえていたが、馬車酔いが嫌なので我慢していた。

「それとも、どこかで休憩を挟むか？」

彼は無表情ではあるが、いつも心配してくれている。そして驚くほど過保護だ。

「それならば、私は植物園の中にあるカフェに行ってみたいです」

「へえ、あそこにはカフェがあるのか？」

「はい、いろいろな種類のハーブティーがあるそうです。ノア様も植物園に行ったことがないのですか？」

王都に住んでいたのなら、一度は行ったことがあるだろうと思っていた。

「学生時代に行ったことはあるが、ざっと見ただけだ。カフェには気づかなかったな」

「あまり興味がないのですか？」

「いいや、そんなことはない。それに、フィーネの喜ぶ顔が見たい」

ノアのストレートな言葉にフィーネはドキリとする。

「ありがとうございます」

フィーネは赤くなりながら礼を言う。

今日のフィーネは、ノアが買ってくれた指輪と真珠の首飾りに加え、マダム・フランシルの店から届いた淡いイエローの清楚かつ華やかなドレスを着ていた。

「な、なんだ。実験体にも息抜きは必要だろう。そういう意味だからな」

ノアが慌てたように言い添えた。馬車の対面に座る彼を見るとほんのりと頬を染め、目を背けた。

実験体という言葉が、なぜか最近では言い訳のように聞こえてくる。

フィーネはノアの実験体になってから、息抜きばかりして遊び暮らしていた。

日々の生活は快適で、楽しくて、まるで今までつらい思いをして生きてきたことへのご褒美のようだ。

(最期にこの人に出会えて、よかった)

それだけで、家族に愛されなかった悲しみは洗い流され、フィーネの人生は幸せなものへと変わっていく。

フィーネは植物園で大はしゃぎだった。

広大なバラ園はもちろんのこと、ガラス張りの巨大な温室があり、その中には南国の植物が生い茂っていた。

見事に咲き誇るランの花や、生まれて初めて見るヤシの木に息をのむ。

なかでも目を引いたのが、池に浮かぶ黄色やピンク、白のスイレンと、オオオニバスだ。

「ノア様、見てください！　ハスの葉の上に子供が乗っています！」

フィーネが目を輝かせ、後ろにいるノアを振り返る。

「フィーネもあれに乗ってみたいのか？」

「え？　まさか、それに乗っているのは子供です」

フィーネは頬を染める。そんな中で、さすがに乗りたいとは言えない。

「お前は子供みたいに軽いから、乗れるのではないか？　よし、聞いてこよう」

「わあ！　ちょっと待ってください！　大人で乗っている者などいませんよ！」

止めても止まるノアではない。

しかし、いくら何でも植物園の職員から許可は下りないだろうと思っていた。

「いいですよ。そちらのお嬢様なら大丈夫です」

職員がにこにこと許可を出す。

「だそうだ。フィーネ、許可が下りたぞ。早速乗ってみろ」

ノアがずいとフィーネのもとに迫ってくる。

「やっ、あの、でも、ちょっと乗っているのは子供しか。それにドレスの重さも」

「本当は乗りたいくせに。お前の顔にそう書いてある」

フィーネが後ずさるが、ノアが軽々とフィーネを持ち上げた。

「きゃあ」

「大丈夫だ。ドレスなど、シフォンの軽い素材ではないか。それに騒ぐと注目が集まるぞ」

そう言って彼は魔法の力を借り、フィーネを優しくハスの葉の上に乗せた。ハスはフィーネの体重を物ともせず、ぷかぷかと浮いている。

淡いイエローのデイドレスを着たフィーネは、池に浮かぶ花のようだ。すると物珍しさに、わらわらと人が集まってきた。

「わあ、あのお姉さん綺麗！　お花の妖精さんみたい！」

「私も乗ってみたい！」

子供たちが歓声を上げる。フィーネはますます真っ赤になった。これほど人の注目を集めたのは生まれて初めてだ。

「あの、ノア様、とても楽しいのですが、そろそろ順番待ちしている子供たちと交替しようかと思います」

か細い声で頼み、フィーネはノアに引き上げられた。

その後、二人は温室のカフェに入った。フィーネにとっては念願の場所だ。話には聞いていて、一度来てみたかったのだ。

きらきらとしたガラス張りの天井から日が差し、温室内に作られた滝から聞こえる水音が、耳に心地よい。

「何にするか決まったのか？」

白いティーテーブルに腰かけ、メニューを見ながらノアが尋ねる。

「噂で、レモンを入れると魔法のように色が変わるお茶があると聞いたので、それを飲んでみたいです」

「ああ、マロウか。味はないぞ？　それでもいいのか」

「はい！　色を楽しむのもお茶のだいご味だと、ロイドさんが言っていました」

「なるほど。フィーネ、使用人に『さん』はいらない」

フィーネが不思議そうに首を傾げる。

「なぜです？　私もノア様の使用人です。実験体ですので」

「おい、外でめったなことを言うな。お前はいちおう俺の婚約者候補となっている」

ノアが声を潜めてフィーネに言う。

「ええ！　なんでですか！」

フィーネが驚きに目を見張る。

「当たり前だろ。お前は伯爵家の娘だ。実験体などという名目で雇うわけにいかない」

「でも、それではミュゲとして」

するとそこへ突然、子供の声が割り込んできた。

「あ！　さっきハスの上に乗っていた妖精のお姉さんだ！」

男の子が大声を出し、フィーネに手を振ってくる。

「まあ、申し訳ありません」

母親が慌てて子供を窘めていた。

フィーネは真っ赤になりつつも子供に小さく手を振り返す。ノアを追及するどころではなくなっていた。

その後フィーネは青からゆっくりと紫に変わるお茶にレモンを入れ、ピンクに変わっていく様子に目を輝かせた。

「ノア様、すごいです。お茶の色が変わるだなんて。奇跡みたいです！」

「そうだな。フィーネにも奇跡が起こせるといいな」

「え？」

フィーネは顔を上げてノアを見るが、彼の漏らした呟きは小さすぎて彼女の耳には届かなかった。

閑話　ハウゼン家のミュゲ

ミュゲは自室にこもるか、マギーの面倒を見るかの生活が続いてうんざりしていた。

そこへ突然ドノバンから呼び出しがかかり、久しぶりに父の執務室に向かう。

ドアを開けると、憔悴したドノバンとロルフが待っていた。陰気な雰囲気で気が滅入る。

メイドの姿もなく、人払いがされていた。執事はとっくにやめているし、今のハウゼン家は使用人が少ないのだ。

ミュゲはふてくされた様子でどっかりとソファに腰を下ろす。

「それで、私を呼び出すなんて、どうかされたのですか？」

「お前にやってもらいたいことがある」

ドノバンが口を開く。

「マギーの看病以外にですか？」

ミュゲは、毎日退屈でいらいらしていた。

「この書簡を持って、シュタイン公爵領へ行ってもらいたい」

ドノバンが机の上に、ノア・シュタイン公爵宛の書簡をだす。

「は？　どういうことですか！　なぜ私がこれを持っていかなければならないのです？　ましてやひと月もかかる辺境に」

ミュゲは気色ばんで、ソファからガタリと立ち上がる。

「仕方がないだろう。お前の口からフィーネと入れ替わった事情を話し、そのわび状をシュタイン公爵閣下に直接渡して謝罪しろ」

突然告げられたドノバンの言葉にミュゲは唖然とした。

「は？　そんなのお父様の仕事ではないのですか？」

「私はこの家から動けない。いまハウゼン家は没落の危機に瀕している。そんな状況で家族を残して家を出られるわけがないだろう。いつ債権者がやってくるのかもわからないのに」

苦しそうにドノバンが答える。

「では、お兄様がお父様の名代として行けばいいじゃないですか！」

ロルフを見据えてミュゲは言った。

「僕は父上と同じでこの家から離れられないんだ。それに入れ替わった本人が行って詫びることで、ずいぶんあちらの対応も変わってくるだろう」

ミュゲにはロルフの言葉が言い訳のように聞こえる。

「そんな。ひどいわ！　大変なことばかり私に押し付けて」

ミュゲは癇癪を起こし、金切り声を上げた。

しかし、以前のように母やメイドが心配してやって来たりしない。人気のない屋敷は、水をうったようにしんと静まり返る。

しばらく沈黙が落ちたあと、ドノバンが口を開いた。

「お前がそう言うのならば、仕方がない。書簡は明日早馬で送る。その代わり、今後の縁談はないと思え」

「は？　私のせいなのですか？　それだったら、お兄様だって」

「ロルフから、制約魔法の件とフィーネの髪を無理やり染めさせた話は聞いた」

ミュゲはハッとして兄を見る。まさかロルフがそれを父に話すとは思いもよらなかった。

「どうして？　お兄様、なんで話したのよ？」

まなじりを吊り上げ、ロルフに詰め寄る。ミュゲからすれば裏切り行為だ。

「ミュゲ、僕たちは取り返しのつかないことをしたんだ。いまさら後悔しても遅いが。お前に帳簿が読めて、父上の手伝いができるのならば、僕が辺境領まで出向いてフィーネを迎えに行ってもいいのだがな」

ロルフが悄然として肩を落とす。

「そんな……」

ミュゲは帳簿などまるでわからないし、興味を持ったこともなかった。

「ミュゲ、用件はそれだけだ。部屋へ戻っていい」

ドノバンが諦めたように言う。

「ちょっと待ってください。私に縁談がないなんて納得いきません！　それにわび状を送れば、許してもらえるかもしれないじゃないですか？」

「その結果。あちらが、お前をよこせと言い出したら、どうする」

「はあ？　嫌です。だって、私のせいじゃないもの！　お父様が投資に失敗したせいではないですか！」

「ああ、わかっている。しかし、もうそのようなことを言っている場合ではないのだよ」

「納得がいきません！　お父様が必ず責任を取ってください！　それが家長としての務めでしょ！」

ミュゲは言い捨てて、鼻息荒くドノバンの執務室を後にした。

しかし、その後すぐにミュゲは母に呼ばれた。デイジーも日々金策に駆けずり回っている。

案の定マギーの世話を押し付けられた。

ミュゲはいやいやマギーの部屋へ向かう。

「体が、熱いよ。苦しいよお」

部屋に入った途端マギーは訴えた。病人は陰気で愚痴っぽいから嫌いだ。

「うるさいわね。熱があるのだから、当たり前じゃない」

ミュゲはうるさそうに遮る。彼女は自分の部屋から持ってきたロマンス小説を読み始めた。

「フィーネお姉様は、とてもやさしかったわ。よく本を読んでくれたり、いろいろなおとぎ話をしてくれたりしていたのよ。私の気がまぎれるようにって。それなのにミュゲお姉様は意地悪ばかり」

熱で潤んだ瞳で、マギーはベッドの横に腰かけるミュゲに恨めしげな視線を向ける。

「いまさら、何を言っているのよ。自分が変人公爵に嫁ぎたくないから、フィーネに行かせたくせに」

「それは、お姉様も一緒じゃない。お姉様がわがままを言わなければ、今ごろすべて丸く収まっていたのに。みんなみんなお姉様のせいじゃない」

最近では、父も母もミュゲのせいだと言わんばかりだ。そのせいでミュゲはカリカリしていた。

「うるさいわね！　あんたが小さな子供のかかるような病気になるから、家がこんな大変なことになっているのでしょ？　少しは家族に申し訳ないと思わないの？　お父様にもお母様にもお兄様にも迷惑をかけているよ」

「それはお姉様も一緒じゃない。お父様もお母様もミュゲさえ説得できればよかったのにと、おっしゃっていたわ！　それにフィーネのお姉様の余命のこと、なんで隠していたの？」

マギーの咎めるような口調にかっとなる。

「黙りなさい！」

ミュゲがまなじりを吊り上げて怒ると、マギーがぽろぽろと泣き出した。

「ミュゲお姉様なんて嫌い。フィーネお姉様に会いたいよ」

マギーのそんな言葉にミュゲはあきれた。

「何よ。ついこの間まで、フィーネのことを魔力なしだの毛色の違う恥ずかしい姉だのと馬鹿にしていたのに。ああ、ほんとに鬱陶しいわ。なんで私が、あんたの世話なんかしなきゃならないのよ。薬ちゃんと飲みなさいよ。すっごい値段するんだから。あんたのせいでこの家はお金がなくて、めちゃくちゃよ！」

ミュゲの言葉にマギーは弱々しく首を振る。

「違う。私は……。だってフィーネお姉様のことを馬鹿にしなければ、家族として認めてもらえないと思ったから。フィーネお姉様を褒めるとお母様もお父様も悲しそうな顔をするし、お兄様もお姉様も私を馬鹿にしたじゃない」

「あんたって、最低、あんなに面倒見てもらっていたのに」

そんな捨て台詞を残してミュゲはマギーが薬を飲むのも見届けずに、腹を立てて部屋から出ていった。

ミュゲは自室に戻ると、外出の支度を始める。本来なら、外出禁止であるが、ミュゲは先ほど執務室に行った時に自分宛の舞踏会の招待状が来ているのを見つけていた。

そのうちの一枚をくすねてきたのだ。

「仮面舞踏会か。気晴らしには悪くないわね。前回はフィーネに譲って行けなかったし」

幸い家は使用人も減って抜け出しやすい。ミュゲは忙しいというメイドを強引に捕まえ、うきうきとして舞踏会の準備をした。

第九章　王都の夜

王都での楽しい時は瞬く間に過ぎていった。

そして最終日の前日。

フィーネが夕食後にサロンでお茶を飲んでいると、ノアに舞踏会に誘われた。

「私と舞踏会ですか?」

フィーネは目を瞬いた。

「ああ、俺がこのようななりだから、仮面舞踏会だがいいか？　強引な友人に誘われた。嫌ならば言ってくれ、強要はしない」

ノアはいつものローブ姿である。フィーネと外出する時以外、彼はいつもその姿で魔塔に出勤している。

「別に構いませんが、私が行ってもよいのですか?」

「その友人が、お前に会わせろとうるさいんだ」

ノアの友人とは、いったいどんな人なのかと興味がわいた。

「ノア様のご友人ということは、とても偉い方なのではないですか?」

「まあ、ちょっとは偉いが、フィーネなら大丈夫だ」

ちょっとは偉いと聞いて、フィーネは嫌な予感がしてきた。

「まさか、王族ということはないですよね?」

フィーネが引きつった笑みを浮かべると、ノアがふいと目をそらす。

「彼は、私人として来ているから、かしこまる必要はない」

「やっぱり、王族なんですね」

フィーネは正直腰が引けた。なぜなら彼女はこの国の王族に会ったことがないからだ。

「嫌か?」

ほんの少しノアの表情が曇る。どういうわけか彼はフィーネを連れていきたいようだ。

それならば、フィーネの答えは決まっている。

「いいえ、行きます。私、男性にエスコートされて舞踏会に参加したことがないのです。せっかく王都に来たのですから、たくさん初めての経験をしたいです。それにドレスにお飾りもいっぱいありますしね」

そう言ってフィーネが微笑むと、ノアも口元を緩ませた。


夕刻から、舞踏会への準備は始まった。

「フィーネ様は細いから、コルセットで締め付ける必要はないかと思います」

リジーの気遣いには助かった。コルセットで体を締め付けられるとくらくらしてしまうのだ。

髪をアップに結ってもらい、化粧を施し、リジーと相談しながらアクセサリーを選ぶ。ちょうど準備万端というところで、ノアが部屋まで迎えに来きた。

今日のフィーネは淡いピンクのドレスを着ている。ベルスリーブの袖が華やかさをそえ、フィーネの華奢な体型をより可憐に見せている。

「よく似合うよ。フィーネ」

褒められてフィーネは赤くなる。

しかし、ノアの顔は全面が仮面でおおわれていて、表情は見えない。

ノアに手を取られ、二人は連れだってポーチに向かい、馬車に乗り込んだ。

「そういえば、ノア様、今日はどうして全面隠れる仮面なのですか？　いつもは片面だけではないですか？」

「全面隠れる仮面などしたら、店では怪しまれて入れてもらえないではないか。だから普段は片面だけにしている」

「なるほど。ではノア様のお顔は結構知られているのですか？」

「ひいきの店は決めているから、限られた者しか知らない」

それで、醜いという噂が広まっているのかとフィーネは思った。確かに右半面はひどい火傷で引きつれていて痛々しいが、フィーネは別段彼が醜いとは感じない。

馬車は王都の郊外にある大きな屋敷の前で止まった。

「ここが今日の会場ですか」

「ああ、とある侯爵家の別邸だ」

ノアが先に馬車を降り、フィーネに手を差し出す。彼の手を借りてフィーネは馬車を降りた。たったこれだけのことなのに、自分がお姫様になったような気分になるから不思議だ。フィーネは口元をほころばせる。

「フィーネ。俺に気を使って無理をするなよ。体調が悪くなったら、すぐに言え。ポーションも持ってきている」

「はい、ありがとうございます」

彼はいつもフィーネの体を第一に気遣ってくれる。

「それから、俺以外の者から、飲み物や食べ物を受け取るなよ。ダンスの誘いもすべて断っていいから。俺のそばを離れるな」

ノアが舞踏会場での注意事項を並べ立てた。

「ふふふ、なんだか、ノア様は私の保護者みたいですね。大丈夫です。私は子供ではありませんから」

「だが、世間知らずで、危なっかしい」

そう言われるとぐうの音も出ない。事実前回は偶然とはいえ、彼に助けてもらったのだから。

フィーネは素直に頷いた。

「わかりました。お約束します」

「よし、では行こうか」

フィーネも目元が隠れる仮面をかぶる。ノアのように全面を隠すと息苦しいのだ。

「そうしていると、フィーネが美しいのがばれてしまうな」

ノアの言葉に驚いて顔をのぞき込むが、あいにく仮面でまったく見えない。

「今夜のノア様は、なんだか、ずるいです」

フィーネが頬を染めて抗議する。

「何がだ」

二人はたわいのない会話を交わしながら会場へ入っていった。ノアが横にいるせいか、変な緊張感はなかった。

「ノア、こちらだ」

大きなシャンデリアがいくつも下がる会場に入るとすぐに声をかけられた。床は鏡のように磨かれていて、見るからに仕立てのよい服を着た品のよい男性が近づいてくる。見事な金髪で、仮面の奥の瞳は碧眼だ。

「こんにちはエド、一昨日ぶりです」

「はは、会ったばかりだったな」

フィーネは、エドとは何者だろうとどきどきする。

なぜ彼が名前を知っているのかとびっくりした。しかも褒められてフィーネは赤くなる。

「そちらがハウゼン家のフィーネ嬢か。これはお美しい」

「エド、どこで誰が聞いているかもわからないので、フルネームはおやめください」

いつもはぞんざいな口調のノアが丁寧に話している。きっと王族に違いない。

(王族でエドというと……、エドモンド第二王子!)

気づいたフィーネが慌てて膝をおろうとすると、止められた。

「今日は私人として来ているんだ。身分がばれると面倒だ。もちろん主催者は知っているが、それ以外の者には内密にしている」

そう言って、仮面の下に見える口元だけで品よく笑う。つまりノアは特別なのだ。

「とはいえ、あなたは目立ちますからね。フィーネも紹介したことだし、もういいでしょう」

「ノア、まさか、もう帰る気か?」

少し慌てた様子で、エドモンドが言う。

「それは、フィーネ次第ですね。今日はフィーネに楽しんでもらうために来ましたから」

フィーネはその言葉を聞いた途端、心臓がドキリと跳ねた。

「フィーネ、もう少し舞踏会の気分を味わいたいか? なんならワルツでも踊るか? 軽食が欲しければ取ってくる。帰りたければ、いつでも言ってくれ」

ノアがエドモンドの前で、過保護な気遣いを見せる。しかし、口調はいつものようにぶっきらぼうなままだ。

フィーネは、王族よりも自分が優先されていることにどぎまぎした。

「私は、もう少しノア様と会場を回りたいです」

せっかく来たのだし、今日はノアがエスコートしてくれるのだ。フィーネは少し舞踏会の気分を味わいたいと思った。前回はひどいものだったが、どうせなら素敵な思い出に塗り替えたい。彼とならきっとそれができる気がした。

「見せつけてくれるね」

エドモンドの言葉に、フィーネは赤くなってうつむく。

「では、私たちはこれで。フィーネ、行こうか?」

ノアがさらりと言う。

「え? あの、いいのですか?」

ノアに手を引かれながらも、フィーネはエドことこの国の第二王子エドモンドを振り返る。

「当然だ。本人が私人として来ていると言っていたろ? それにお前の紹介は済んだ。まずは休むか」

「いえ、今かかっているこの曲しか私は踊れません。だから踊りたいです」

フィーネは反射的に言った。

「わかった。では踊ろうか。お嬢様、お手を」

フィーネは軽やかな笑い声を上げると、ノアの手に自分の手をのせる。彼の手が背に添えられるとほんの少し熱を感じた。

ワルツの最中にフィーネはノアに尋ねた。

「ノア様、エド様が私のことフィーネ嬢とおっしゃっておりましたが、実家のしでかしたことはバレているのでしょうか？」

「彼の耳には入っているよ。それにミュゲ嬢は赤毛で目立つ。つい最近まで遊びまわっていたようだ」

「それって、どのみちノア様の耳に入ったということですよね。私が言わなくても早晩ばれていましたね」

フィーネにあんなひどいことをしておいて遊びまわるとは、どういう神経をしているのかと怒りを覚える。またミュゲを遊ばせておく、父と母にも腹が立つ。

「当たり前だ。それに噂をすれば」

「え？」

「フィーネ、振り向くんじゃないぞ。お前の斜め後方に毒々しい赤毛がいる。思うにミュゲ嬢ではないか？」

ノアは曲に合わせてくるりとフィーネと位置を交換する。多分ノアはダンスが上手なのだろう。

フィーネは恐る恐るノアの肩越しにのぞき込み、慌てて彼の陰に隠れた。

「間違いなく、姉です。信じられないわ」

フィーネがこの場にいるとばれたら、ひと悶着ありそうだ。正直ミュゲに文句を言いたい気持ちもあるが、今騒ぎを起こしてノアに迷惑をかけたくなかったし、この夜は楽しいものにしたかった。

ミュゲは申し訳程度に仮面をつけ、楽しそうに踊っている。

その姿にやはりフィーネは怒りを感じた。

「余計なことを言って悪かったな。ただ絡まれると悪目立ちする。それは避けたい。とりあえず、アレのことは忘れろ」

ノアが顎でミュゲを指し示す。

「はい、見なかったことにします。そして極力見つからないようにしたいです」

「承知した」

そう言って、ノアが仮面の下で笑った気配がした。

もう少し踊っていたかったが、一曲踊ると息が切れてきた。だいぶ体力がなくなっているようだ。

それから、ノアに連れられてテーブル席に座る。ほどなくしてノアが果実水とサンドイッチとフルーツを持ってきてくれた。

「フィーネ、何か口にするといい」

「ありがとうございます。すみません。すぐに疲れてしまって」

気づけば、フィーネはかいがいしくノアにお世話されていた。

ほかの男性と出かけたことはないので比べようがないが、ノアはかなり紳士的だと思う。

「気にするな。一緒に来てくれただけでもありがたい」

「ノア様は舞踏会があまりお好きではないのですね」

「そうだな。エドに強引に誘われない限りは、めったに来ない」

フィーネはノアが持ってきてくれた果実水で喉を潤しながら、ぽつりぽつりと話す。

「私は、殿方にエスコートされて舞踏会に行くのが夢でした。いつもそうして、楽しそうに舞踏会に行く姉がうらやましかったんです。今日はノア様のお陰でまた一つ夢がかないました」

そう言って顔をほころばせた。

「フィーネ、相変わらずお前の夢はささやかだな」

仮面の下に隠れたノアの表情はわからないが、きっと彼はあきれていることだろう。

「そうですか？　ふふふ、今はノア様のお陰で、とんでもないことになっていますけれど」

「何のことだ？」

フィーネは耳飾りにネックレス、指輪をノアに見せ、最後にドレスをつまみ上げる。

「すべて超一流品です。こんな経験、めったにできません。すっかり贅沢になってしまいました」

そう言ってフィーネがふわりと柔らかい笑みを浮かべる。

「ああ、そうか……お前はそんなもので飾らなくても、十分綺麗だったんだな。もちろん似合っているが」

今気づいたかのように言うノアに、フィーネはぽかんとして、次に真っ赤になった。

「え？　な、なにを言い出すんですか！　ノア様」

ぎゅっとドレスをつかむ。フィーネの胸はどきどきと高鳴る。

(これって、最大級に褒められているのよね？　それともノア様は、仮面をつけると人格が変わってしまうの？)

そんな時突然後ろから声をかけられた。

「あら？　フィーネじゃない？」

聞き覚えのある甲高い声に、フィーネはつい反応してしまう。ミュゲが少し離れた場所に立ち、こちらをうかがうようにじっと見ている。

フィーネの心臓がドクンと鳴った。

ノアが、がしっとフィーネの手を取る。

「フィーネ走れるか」

「ちょっとなら。でもごめんなさい。やっぱり、自信がありません」

そう答えるとふわりと体が浮いた。ノアに抱き上げられたのだ。

ノアは仮面の男女でごった返す会場を、フィーネを抱いて走り抜ける。

「ちょっと待ちなさいよ！」

ミュゲが大声を出し追いかけてくるお陰で、とても目立ってしまった。

そこへ紳士が割り込んだ。

「お嬢様。どうなさいましたか？」

そうミュゲに声をかけたのはエドモンドだった。ミュゲは彼を第二王子とも気づかずに上から下まで、不躾な視線を這わせる。

「いいわ。踊ってあげる」

そんなミュゲの声が聞こえてきた。もうフィーネには興味を失ったようだ。もともと確信はなかったのだろう。

「あの、ノア様、大丈夫みたいです。エド様が助けてくださいました」

「そのようだな。強引に誘われたんだ。それくらいはしてもらわないとな」

そのころには二人は庭園まで逃げてきていた。

「ノア様、もう大丈夫です。おろしてください」

フィーネは恥ずかしくなって、ノアに頼む。

「ああ、そうだな。お前は軽くて気づかなかった」

そう言ってノアがフィーネをゆっくりと丁寧におろす。まるで壊れ物を扱うように。

「お姉様、相変わらず遊んでいるのですね」

ぽつりとフィーネが呟く。

「ふん、どうしようもない奴だ。それにギラギラとしていて、実験棟の裏に生える毒キノコのようだ」

ノアの口の悪さにフィーネは噴き出してしまった。

「ふふふ、ノア様は変わっています。姉は殿方にもてるのですよ」

フィーネが笑いながら言う。

「どうだか、あれでは縁談は決まらないだろう」

「え？」

「不躾で下品だ」

「まあ」

フィーネはノアの辛辣な言葉を聞いて目を丸くした。しかし、ミュゲを擁護しようという気にはなれない。

「そんなことより、フィーネ、何か願いはないか？　舞踏会でしかできないこと」

フィーネはノアを見上げる。

「ここなら、誰もいません。ノア様、仮面を外してください」

「ふん、別にお前の願いなら、人がいても構わんが」

そう言ってノアは仮面を外した。いつもの仏頂面が見えるが、彼が不機嫌でないことはわかっている。

「よかった。ノア様の表情が見えないとなんだか別人のような気がして、不安で」

「変わっているな。それとも、この顔に慣れたのか」

いつも通りのぶっきらぼうな口調で聞いてくる。

「ふふ、私、ノア様のお顔大好きですすよ。見ていると安心します」

「なっ、何を言い出すんだ！」

途端にノアは赤くなり、もう一度仮面をつけようとする。

「駄目ですよ。ノア様、まだお願いはあるんですから」

フィーネはやんわりと彼を止めた。

「お前、すっかりわがままになったな」

ノアの言葉にフィーネは、ころころと笑う。

「ノア様が、強欲になれって言ったんじゃありませんか」

「強欲って……。フィーネ、それはちょっと違う」

あきれたようにフィーネを見る。

「私、せっかく舞踏会に来たので、もう一曲覚えたいんです。ダンスってとても楽しいものなんですね」

フィーネは今この瞬間、幸せだと感じた。

「わかった。では会場へ戻ろうか」

ノアは仮面をつけずに、フィーネの手を引いて会場へ戻ろうとする。そんなことをすれば彼はさらし者になるだろう。ノアはどこまでも人がよい。

「ノア様、違うんです。ここで教えてもらいたいんです」

「え？」

「私はノア様の足を踏んでしまうかもしれないので。それにほら、会場から曲がここまで聞えてきているでしょう？」

庭園から見える、煌々と明かりに照らされた会場からは、楽団の奏でる明るい音楽が流れてくる。

「確かに。この曲でいいか？」

「はい、挑戦してみます」

フィーネが頷くと、ノアが目を細めふわりと笑った。初めて見る彼の柔らかい表情にフィーネはドキッとした。

「そんなに固くならなくていい。フィーネは基本ができているから、曲に合わせて体を揺らしていればいいんだよ」

「ええ？　そんな簡単なものなのですか」

「お前が楽しいと感じることが大事だ」

「ノア様。それならば、今はとっても楽しいです」

そう言ってフィーネがノアを見上げると、彼は耳まで赤くしていた。ノアはとても照れ屋なのだ。

しかし、今夜の彼はいつものように顔をそらすことはなく、口元に緩やかな笑みを浮かべている。

その後、二人は夜のバラの香りが漂う庭園で、ひっそりとダンスを楽しんだ。

フィーネの心にまた一つ、彼との楽しい思い出が刻まれた。


ミュゲは明け方ごろ、家に帰り着いた。

狙いをつけた物腰の柔らかな品のよい男性には、さらりと逃げられてしまい、ミュゲは不機嫌だ。

そのうえ会場にはマダム・フランシルの最新流行のドレスを着たフィーネのような白金の女がいたから、絡んでやろうかと思ったが、こちらも長身で仕立てのよい服に身を包んだ男に連れられ逃げられてしまった。

「やっぱり、駄目ね。仮面舞踏会じゃあ、いい出会いはないわ」

本来なら、メイドに湯あみの準備をさせるところだが、そのメイドが呼んでも来ない。

一応メイドにも御者にも口止めをしているからあまり強くは言えなくて、ミュゲのイライラがさらに募る。

大した気晴らしにもならなかったと、ミュゲは着替え鏡台に座り自慢の赤毛をくしけずっていた。

するとその瞬間、ドンという腹に響くような破裂音がして、ミュゲの体は、爆風に投げ出され視界が暗転する。

一瞬気を失っていたのだろうか。

目を覚ますと、部屋は半壊し鏡台は壊れ、あたりには木っ端やガラス片が散っていた。ミュゲは呆然となる。

ゆっくりと部屋の惨状に視線を巡らせると、壊れた窓やベッドが目に入り、次にミュゲの横に血の付いたガラスの破片が飛び散っているのが見えた。

ぽたりぽたりと床に生温かい血が落ちる。

恐る恐る己の頬に手をやると、ぬるりとした感触がすると同時に、鋭い痛みを感じた。

「痛っ！　うそでしょ？　これって……夢よね？」

震える声でミュゲは呟く。

ミュゲは昨晩、マギーが抑制剤を飲むのを見届けなかったことを思い出した。

閑話　ユルゲン・ノーム2

そのころ王都の魔塔では、ユルゲンが暗躍していた。

ついにユルゲンは、ノアの研究室に出入りしている男性魔導士の弱みを握ったのだ。

その男、伯爵位をもつヨアヒムはもともとノアをよく思っていなかったようで、すぐに寝返った。

「私より五年も遅く魔塔にやって来たのに、あっという間に頂点に立った。学友で幼馴染でもあるエドモンド殿下の後押しもあったらしい。立派な研究室、潤沢な資金さえあれば、誰でも功績を挙げられる。私にも家門の力と王家とのコネさえあれば」

ヨアヒムは悔しげにそう言った。ユルゲンも男の意見には半分同意だが、ヨアヒムは才能豊かとは言いがたい。この男にコネや資金があったとしても成功することはないだろう。

おりしもユルゲンはノアが王都に出没したという噂を聞いた。

ユルゲンはさっそく男を魔塔でもっとも人気のない裏庭に呼び出す。

二人は四阿《あずまや》のベンチに腰かけた。

「ノアが最近ここに帰ってきたようですね。何を研究していたか知っていますか？」

ユルゲンは丁寧に尋ねる。いちおう相手は高位貴族だ。

「画期的な移動方法を研究中とのことだが、詳しくはわからない」

所詮はその程度の男。

研究員と言ってもノアの研究室では末端の存在だ。

だが、ヨアヒムがノアの研究室に出入りできるというのは、ユルゲンにとってありがたい話である。

「それで彼は今研究室にいるのですか？」

探りを入れた。

「いや、つい最近までいたが、自領に帰った」

辺境の領から王都までは通常往復約二か月かかる。馬を頻繁に替え、夜を徹して駆けてもその半分はかかるはずだ。

「ならば、僕をノアの研究室に入れてくれませんか？」

にっこり微笑んで言うユルゲンの言葉に、男は目をむいた。

「馬鹿な！　そんなことをすれば私は馘になる。確かに協力するとは言ったが、それだけはできない」

ヨアヒムが首を振る。

「なら、あなたがノアの研究データを破棄、もしくは改ざんしてきてください」

「何だって？　断る！　私の研究者としての人生が終わってしまう。悪い噂やスキャンダルを探せと言うならまだしも、他人の研究に手を付けるのはご法度だ」

男は驚いたように目を剥《む》いた。

「あなたには断れない。伯爵家に入婿したのに女がいたとはね。知られたらどうするんです？……大丈夫です。あなたはうっかりノアの研究室のロックを開けてしまっただけ。後は僕がやる」

ユルゲンは自信満々に言い放つ。

「そんな言い訳が通用するわけがないだろう？」

真っ青な顔でヨアヒムは身震いした。話に乗ってきた割には実に気の小さい男だ。

ノアの研究データの改ざんや、破棄は今に始まったことではない。さかのぼれば、学生時代にもユルゲンは複数手を染めている。

しかし、ユルゲンが捕まったことは一度もない。彼のやり口が巧妙だということもあるが、ノアは研究馬鹿で犯人を見つけ出す手間や時間を惜しみ、すべての時間を研究に注ぎ込むからだ。

残念ながら、魔塔に入ってからは警備が厳重で、彼の研究に触れることができなかった。せいぜい社交の場でさりげなく彼の悪口を流すのが関の山。表面上は平等だった学生時代と違い、今のノアは遥か高みにいる。

だが、今回は内通者も見つかったし、きっと上手くいく。


ほどなくしてユルゲンは、しばらく王都に滞在にしていたノアが領地へ帰ったという知らせを協力者から聞いた。今がチャンスだ。ユルゲンはヨアヒムに、日中堂々とノアの研究室のドアのロックを無理やり外させた。その方が疑われにくいからだ。もちろんユルゲンは、自分がいた痕跡を残さない魔導具であるマントを身に着けている。

これでこの研究室にどのような仕掛けがあっても感知される危険はない。

皮肉なことに、このマントはノアのアイデアから生まれたものだ。だが、彼が悪用されることを恐れ、実用化を拒んだため、他の者が作り出した。

自分のアイデアで自分の首を絞めることになろうとは思いもしなかっただろう。ユルゲンの口元が歪む。

ユルゲンは意気揚々とノアの机に近付き、引き出しを開け、データを引きずり出す。ノアは研究に関しては几帳面なので、どこに何があるのか非常にわかりやすい。

彼の言によると、研究には事故がつきものだから、自分がいつ死んでも誰かが引き継げるようにとのことだ。つくづくおめでたく、思いあがった人間で不愉快に感じる。

（命がけで研究だと？　馬鹿げている）

ユルゲンにとって魔塔での研究は、名誉であり、出世への近道だ。

引き出しという引き出しを開け、棚をあさり、かたっぱしから目を通した。驚いたことに、ノアは学生時代よりもずっと高度な研究をしていた。認めたくはないが、彼の研究していることの半分もユルゲンには理解できない。

それがどうしようもなく腹立たしく、ユルゲンはデータを改ざんし、適当に選んだものを破棄していく。ノアを天才とは認めたくはなかった。ましてや地道な努力でのし上がってきたなど、さらに認めがたい。

その中で、唯一完成間近とわかる研究があり、ユルゲンの目を引いた。

「まさか？　そんなバカな……これは伝説上の薬。あいつは神にでもなったつもりか？」

処方を仔細に見ると、今ある薬より数段効能が上のものができそうだ。

ただ使っている素材に問題があり、その多くが毒である。そのため成分を安定させるのが難しい。

自分なら、このデータを生かせる。ユルゲンはそう確信した。

この薬が完成すれば、魔法伯の称号を得るのは夢ではない。ユルゲンは迷いなく、ノアの血のにじむような努力の結晶である成果をやすやすと掠め取った。

そしてこの研究室に入ってから気になっているのが、鍵付きの棚だ。術式のまったくわからない高等魔術がかかっていて、ユルゲンには歯が立たなかった。おそらく貴重な素材が入っているのだろう。

盗むことができないのならば、破壊してしまいたかったが、それすら不可能だった。

しかし、迷っている時間はない。ノアの研究室に忍び込んだことがばれたら、魔塔を辞めさせられるどころでは済まない。

それこそ身の破滅だ。未練を感じつつもユルゲンはノアの研究室を後にした。

「おい、遅かったではないか。ばれたらどうする？」

手引きをしたヨアヒムは真っ青な顔で震えていた。滑稽である。

「ふふふ、大丈夫ですよ。それなりの成果はありましたから」

にやりと笑う。

「まさか、貴様、研究データを盗ん――」

ユルゲンが男の口をふさぐ。

「おやおや、人聞きの悪い。僕にそんな口をきいていいのですか？」

「なんて奴だ。私は何も知らん」

男は走り去っていった。その瞳に侮蔑の色があるように見えたが、きっと気のせいだろう。あの男も一蓮托生だ。ノアは幸い辺境にある自領に帰っている。

ユルゲンが王都で早期に研究を完成させ発表すれば、魔塔での成功は約束されたも同然だ。

ノア・シュタインがいくら盗まれたと主張しても誰も信じる者はいないだろう。検証すべきデータはユルゲンの手の内にあるのだから。

第十章　それぞれの思い

王都から戻り、領地の実験棟でノアは再び研究に没頭した。

もちろん、王都でもフィーネと遊んでばかりいたのではない。

魔塔で研究データを確認し、コネと財力にものをいわせ希少なアイテムも確保し、厳重に棚に保管した。実験も行い、魔塔にしかない文献や古代の魔導書もあさり尽くした。

自分ならば、フィーネに奇跡を起こせるかもしれない。そんな思いが、彼を突き動かす。寝食も忘れ研究に没頭した。

そこへ、ノックの音が響く。

ロイドが茶と軽食と、手紙を三通持って立っていた。

あまり感情を表に出さない彼の表情が、珍しく曇っている。ノアは紅茶を飲みながら、手紙をあらためた。一通目はミュゲ宛、二通目はノア宛、そして三通目はフィーネ宛だった。

ノア宛とフィーネ宛の手紙は早馬で来たので、出した日付にずれはあるが、ほぼ同時に三通届いたらしい。

「この家にミュゲはいないからな」

ノアはそう言いおいて、差出人がマギー・ハウゼンになっている手紙の封を切る。

手紙の内容は、マギーが魔力過多症を発症したため抑制剤に金がかかり、家計がひっ迫しているから、すぐさま資金援助が欲しいとのこと。要は金の無心だ。

ノアはあきれ、ロイドにはフィーネに知らせないようにと命じる。

次にノア宛のドノバンからの手紙を読む。

内容はミュゲとフィーネの入れ替わりのわび状で、いかなる罰も受けるというものだった。それから、三女の魔力過多症のことにも触れていた。そのせいでフィーネは魔力枯渇症になってしまったのではないかと、ワーマインの推測が書かれている。

ハウゼン家はもう間もなく没落し、爵位も返上するので、次女の骨は拾ってほしいという。

最後にミュゲ宛の手紙は、長女ミュゲが無理やり三女に書かせたもので破り捨ててほしいと詫びていた。

「なんという手前勝手なことを」

ノアは怒りのあまり手紙をぎゅっと握りしめた。

もう一通フィーネ宛の手紙があるが、それもドノバンからだ。一瞬封を切ろうかとも思ったが、私信である。ためらった末、ノアはしばらく預かることにした。

フィーネの精神状態によくない内容だったら困ると判断したからだ。今の彼女に生きる気力を失ってほしくはなかった。


王都から戻ってしばらくすると、フィーネは寝込む日が多くなっていった。

ノアはここのところずっと忙しくしていて、あまり長い時間顔を合わせることもなかった。

フィーネが寝込んでいるところにポーションを届けに来て、体調を確認すると、彼はすぐに実験棟にこもってしまう。フィーネは最期の時をもう少し彼と一緒に過ごしたいと思っていた。


その日の朝は空には鈍色の雲が広がり、小鳥のさえずりもなく、風がざわざわと木を揺らす。もうすぐ雨が降る。

フィーネはここに来た日を思い出しながら、ベッドの中から見るともなしに窓の外を眺めていた。

フィーネの部屋にやって来たノアはとても忙しそうで、彼女がポーションを飲み終わると、すぐに部屋を去ろうとする。フィーネはそんな彼の背中に問いかけた。

「ノア様、私は魔力枯渇症になるまで、いったい何に魔力を使って何をしていたのでしょう？」

ずっと疑問に思っていたことだ。

「それについては、まだはっきりと結論は出ていない。いずれ突き止めるつもりだ」

「私の魔力の正体はわからないのですね」

研究はあまり進んでいないようで、フィーネはがっかりした。

ノアはそんなフィーネを見て、咳払いする。

「お前の魔力は特殊で未知の部分がまだまだ多いのだ」

「ノア様、そのデータを見せてもらうことは可能でしょうか？」

「フィーネに？　データの見方はわかるのか」

「わかりませんが、少しでも自分のことが知りたいのです」

ノアはしばらく考えているようだった。やがておもむろに口を開く。

「わかった。そのうちまとめておこう」

フィーネは、体調がよく起きていられる時は、魔導の勉強をすることにした。わからないところは多少魔導の知識のあるロイドに質問したり、書庫の文献をあさったりする。残り少ない時間を無駄にしたくはなかった。

それ以外はほぼベッドの中で、過ごす日が増えていく。小康状態が過ぎると、病気は見る間に悪化していった。

ノアは研究に没頭すると何日も実験棟にこもって出てこないことがあると、以前から屋敷の者たちに聞いていた。

最期の時に会えないのは少し残念だと思うが、研究は彼にとって大切なものであり、この国にとっても彼の研究はなくてはならないものだ。

フィーネはベッドの中で、彼と過ごしてきた楽しかった数か月を思い出す。

一緒に食事をし、散歩をし、ピクニックをしてボート遊びをした。

それから、王都での豪遊、植物園での愉快な思い出に二人きりで庭園で踊った舞踏会。

「ああ、最期にノア様ともう一度、ボート遊びしたかったな」

フィーネの口から、ぽつりと本音が零れる。

「フィーネ様、そんなことをおっしゃらないでください。きっとまたボートで遊べますよ」

ベッドのそばにいるマーサがそんな慰めを言ってくれる。

「ふふふ、そうですね。今日はそんな夢を見られたらいいなあ。ここへ来た時には『死期を悟ったら、猫のように消えます』だなんて言っていたのに、今はこうして皆に見守られて、ぬくぬくとベッドに横になっています。私は幸せ者です」

フィーネは笑う。

「フィーネ様、そんなことおっしゃらないでください」

「そうですよ。フィーネ様、ノア様がきっとどうにかしてくださいます」

フィーネはマーサの涙を見て目を見開いた。ロイドまで眼鏡を外して涙を拭いている。

「やだ。マーサさん、泣かないでください。ロイドさんまで」

そんな彼らを見ると、フィーネの方が慌ててしまう。

「マーサさんではありませんよ。何度言ったらわかるのですか。フィーネ様」

「そうですよ。私のことはロイドとお呼びください、あなたは伯爵家のご令嬢で、ご主人様のとても大切な客人なのですから」

「ありがとうございます。ここに来る前は、私が死ぬ前に泣いてくれる人がいるなんて、思いもよらなかった……」

フィーネの瞳から、ぽたりと一粒の涙が零れ落ちた。

フィーネの病は刻一刻と悪くなっていった。

ノアはフィーネの体調を確認し、彼女の病状に合わせて改良したポーションを飲ませる。

彼女の体から、日々生命力が削られていくのが感じられた。

残り少ない時間をノアは研究にささげるつもりだ。

「フィーネに延命はしないでくれと言われている」

ノアは広い食堂で軽く食事をとりながら、ふとロイドに漏らす。フィーネは最近流動食しか喉を通らなくなっていて、ベッドから起きてくることはなくなっていた。

ロイドもフィーネを気に入っていたので、さみしげだ。フィーネのいない食堂は火が消えたように寒々しく感じられる。それほど彼女の存在は大きかった。フィーネがいるだけで、場が明るく華やぐのだ。

「あの方がいらっしゃらないのは残念です。生きてほしいです」

「ああ、フィーネがいなくなるのは嫌だ。だから、俺は延命ではなく、彼女の病を治そうと思う」

「可能なのですか？」

ロイドが目をしばたたく。

「魔力枯渇症の末期というのは、長期間魔力を使いすぎて、内臓がダメージを受け、ぼろぼろになってしまうということだ。ならば、ぼろぼろになった内臓を修復すればいい。だが、従来のポーションではいくら改良しても不可能だ。だから俺はエリクサーを作り、フィーネを助ける」

エリクサーは幻の薬と呼ばれている万能薬だ。どんな病や傷も治すと言われている。

かつては存在したが、その製法は失われてしまった。

「エリクサーを……、ノア様ならば、可能かと存じます」

ロイドが力強く言う。

「今日から、実験棟にこもる。フィーネには寂しい思いをさせるかもしれないが、彼女を頼む。それからフィーネの症状は逐一知らせてくれ、ポーションを彼女の症状に合わせて調合したい」

「承知いたしました」

ノアはフィーネの体調に気を配りつつも、黙々と研究に打ち込んだ。

そのかいがあって、エリクサー完成まであと一歩となった。

フィーネの病状には一刻の猶予もない。ノアは王都の研究室へデータと希少な素材を取りに行くため、実験棟にある魔法陣で転移する。


しかし、魔塔の自分の研究室に入り愕然とした。

研究室は荒らされ、貴重なデータは奪われ、破壊されていた。ノアが戻ったと聞いてやって来たアダムは惨状を見て悲鳴を上げる。

「嘘でしょ？　いったい誰がこんなひどいことを！」

アダムはノアに指示されて、慌てて警備に事態を知らせに走った。

「フィーネの寿命が尽きるまで時間がないのに！」

ノアは誰もいない研究室で、己のデスクをがんと拳で打つ。悔しかったが、それ以上に焦りがあった。

どこかにデータがまぎれて残っていないかと、ノアは必死に探した。

すると魔塔の警備から報告を聞いたエドモンドが慌ててやってくる。

「ノア、大変なことになったな。膨大な研究資料を破壊され、盗まれるなど絶対に許されないことだ」

エドモンドは怒りに打ち震えていた。

「ご丁寧にデータの改ざんまでされている。しかし、希少な素材は棚に入れてあったので無事だ。ないのはデータだけ。俺は、自領に帰り、研究に戻る」

決然と言い放つノアに、エドモンドは目を見開いた。

「何を言っているんだ！　お前の大切な研究室が荒らされ、成果が盗まれたかもしれないんだぞ？お前が本気になって犯人を探せば見つかるはずだ」

エドモンドがノアを引き留めるが、ノアは首を振る。

「時間がない。どうしても助けたい人がいる。彼女の存在しない未来を俺は望まない」

ノアは研究室を飛び出した。

「ノア！　十中八九、犯人はユルゲン・ノームだ。奴にお前の研究成果を先に発表されたらどうするつもりだ！」

エドモンドが必死に言い募る。

「できるものならば、やればいい。だが、奴では無理だ。フィーネが死ぬようなことがあれば、奴を殺す」

ノアは友人の制止を振り切り、風の魔法を纏い駆け出した。

タウンハウスに急ぎ着くと、ノアはポーションを一本飲み干し、呪文を詠唱し、魔法陣の向こうにふっと消えた。

数週間後、ユルゲン・ノームがエリクサーの研究を発表した。

その発見に王都はわいていた。彼が魔法伯の称号を得ることは確定だろう。

「ノアさえ、戻れば確実に奴をつぶせるのに」

王宮の執務室でその知らせを聞いたエドモンドは、歯噛みする。友人のノアが血のにじむような努力で開発したものである。それを横から掠め取るなど許されないことだ。

だが、ユルゲンが盗んだという確たる証拠がない。

エドモンドはこのまま引き下がるつもりはなかった。

ノアは王都から自領の実験棟に転移すると、待機していたロイドにこれからすべきことを告げ、彼に託した。

そして、すぐにフィーネのもとに向かう。

「フィーネ！」

彼女の寝室のドアを開けると、弱々しく儚げなフィーネがベッドに横たわっていた。

「よかった……ノア様と会えて」

フィーネが柔らかく微笑んだ。

まるで今生の別れのような彼女の言葉にノアは怒りや悲しみ、激情がこみ上げてきた。

しかし、今はそんなものに振り回されている場合ではない。

ベッドから、ブランケットにすっぽりと覆ったフィーネを抱き上げる。

「ご主人様！　今フィーネ様を動かすのは危険です！」

マーサが必死に止めるが、ノアは聞く耳を持たなかった。

彼はフィーネを抱き上げたまま、足早に実験棟に向かう。

「フィーネ、寒いか？」

中央階段をおり、城の外に出る。あたりはすっかり夜のとばりが下りていた。

「寒くないです。むしろ体が熱いから夜風が心地よいです。星が綺麗……」

フィーネは今にも消えてしまいそうな淡雪のような笑みを浮かべる。

「フィーネ、すまないが最後の実験に付き合ってくれ」

「ふふふ、最後の最後に、私はノア様のお役に立てるのですね」

彼女はすでに死期を悟っている。

「ああ、俺はこれから世紀の大発見をする」

実験棟に入るとノアがフィーネを抱いたまま暗く長い廊下を進んでいく。彼女は柔らかく、驚くほど軽い。まるで魂の半分がすでに天に召されているかのように。

闇に沈んだ部屋に入る。魔法灯はなく、代わりに蝋燭の火がともり、床には二つの魔法陣が描かれていた。

ノアは右側にある魔法陣の上にブランケット敷き、フィーネをそこに寝かせる。

「フィーネ、床は冷たく痛いが、すぐに済む。耐えてくれ」

返事をする体力も残っていなくてフィーネはノアに向かって小さく笑む。

そしてノアはもう一方の左側の魔法陣に入ると呪文を詠唱する。

するとフィーネの体が徐々に光り輝き始めた。


フィーネは、体に温かい魔力が流れ込んでくるのがわかった。さっきまで苦しかった呼吸が徐々に楽になっていく。

ふっと体が軽くなり、フィーネは起き上がる。

「ノア様、これはいったい」

不思議な面持ちで隣を見る。すると今まで呪文を詠唱していたノアの体が、ぐらりと揺れ、彼は片膝をついた。

「ノア様！」

フィーネは驚いて、無意識にノアのもとに駆け寄る。ノアはたまらず吐血した。フィーネは見慣れた症状に直感的に状況を理解した。

「まさか、ノア様が私の病を……？　嘘よ！　なんてことを！」

バランスを崩すノアの体を、フィーネが必死に支える。

「大丈夫だ。フィーネ、騒ぐほどのことではない。それに俺が引き受けたのはお前の病ではない」

冷静に答えるノアの瞳は、力強い光を放っている。そこへロイドが入ってきた。

「ノア様、こちらを」

ポーションを差し出した。

「ちょっと待って、どういうことなのですか？」

しかし、フィーネの問いに答える者はいない。ポーションを飲み干すとノアは、ロイドに支えられるように実験室に向かう。

「ノア様、やめてください！　今すぐこの魔術を解いてください」

「フィーネ、安心しろ、お前なら、二、三日の命でも、俺の体力ならばひと月はもつ。どうやらお前を見くびっていたようだ。俺が思うより、お前は聡いのだな」

そう言ってノアは笑った。

「ロイド、フィーネを頼む。俺は薬が完成するまでここから出ない。それから、フィーネ、これは実験であって、決してお前を助けるためのものではない。あとひとつ、わかっているとは思うが、俺は天才だ。実験の結果を楽しみに待っていろ」

ノアはそう言って微笑むとドアを閉じた。

フィーネは突然のことであっけにとれてしまう。彼女が閉ざされたドアを開けようと、ドアノブを回そうとするがびくともしない。

「いったい何が起きているの？　ノア様！」

フィーネが声を上げ、再度ドアをあけようとするが微動だにしない。

「ロイドさん、これはいったいどういうことなのですか？　ドアが開かないんです！」

焦ったフィーネは、後ろに佇むロイドに問いかけた。

「フィーネ様、そのドアは絶対に破れません。高等魔術がかかっていて、ノア様以外には破れないのです」

目を伏せてロイドが答える。

「そんな、ノア様は私の内臓のダメージを引き受けてくださったんですよね？　そんな状態で実験室に閉じこもったりしたら、ノア様が死んでしまいます」

フィーネの声は恐怖に震えた。なぜこのような事態に陥ったのかわからなくて、フィーネはパニックになっていた。

「今ご主人様は、フィーネ様の治療薬となるエリクサーを作ろうとなさっています」

「エリクサーを？」

フィーネも名前だけは知っていた。今ではその製法も失われたといわれている古《いにしえ》の万能薬だ。

「だからって、どうしていきなり実験室に閉じこもってしまったのです。それに私が内臓に受けたダメージを引き受けてしまったら、ノア様の体は……」

「ご主人様は、フィーネ様の体力ではあと三日はもたないとおっしゃっておりました。それだと薬の開発が間に合わないとも。しかし、ご主人様ならば、ひと月はもつからと。ご主人様は、誰にも邪魔されることなく研究をなさりたいそうです」

「そんな……、私はノア様の実験体です。いくらでも実験のお役に立つことができるのに！」

フィーネの大きな瞳から涙がぽたりと零れ落ちる。一番大切なところで彼の役に立てないことが、ショックだった。

「フィーネ様、どうか落ち着いてください」

「こんなの……絶対に間違っています。ノア様、出てきてください。ノア様は私のお願いなら、なんでも聞いてくれるとおっしゃいました！　だから、お願い、出てきてください！」

フィーネは恐怖に震え、ドアを強く叩いた。

「いけません。手を痛めてしまいます」

ロイドが、フィーネを止める。

「いくらドアを叩いても無駄です。フィーネ様、ご主人様もずっとその恐怖と戦っていらっしゃいました」

「え？」

「フィーネ様が消えてしまう恐怖と戦っていたのです」

「そんな……どうして、私なんて、私のことなんて……」

フィーネはどうあっても開けることのできないドアの前で泣き崩れた。

その夜、泣き叫ぶフィーネは、寝室に運ばれた。彼女は一睡もすることなく、夜明けを告げる鳥のさえずりを聞いた。

ノアは、今粛々と実験を続けている。彼は戦っているのだ。己の命を賭《と》して研究している。

ならば、自分のすることは。

フィーネは起き上がると身支度を始めた。


部屋に入ってきたマーサはフィーネと同じように憔悴している。

「マーサさん、昨日は取り乱してしまってすみません。ロイドさんはどちらにいますか？」

フィーネの目は泣きはらし、真っ赤だがそれでも体調は万全で、しゃきっと背筋を伸ばす。

一方マーサは、もう起きて身支度の済んでいるフィーネを見て驚いたように目を見開いた。

「ご主人様がこもっている実験室の前で待機しております」

「わかりました」

フィーネはすぐにロイドのもとへ向かう。慌ててマーサがついてきた。

「フィーネ様、どうかお体を大事になさってください。昨日も眠れなかったのではないですか？」

こんな状況にあっても、彼女はフィーネに気遣いの言葉をかけてくれる。フィーネは今、彼らの大切な主人の寿命を奪っている存在なのに。

ロイドはかけがえのない大切なものを守るように、ノアがこもった実験室の前に立っていた。おそらくロイドがノアの世話をするのだろう。

フィーネの胸は痛んだ。ノアは彼らにとってかけがえのない存在なのだ。そして、この国とっても。

「ロイドさん。お願いがあります。私の魔力に関するデータを見たいのです。どこにあるかわかりますか？」

「はい、存じております」

一瞬訝しそうな顔をしたものの、ロイドはすぐに研究データを持ってきてくれた。

「私は自分にできることをします。ここに答えがある気がするんです」

それはフィーネの直感だった。

「フィーネ様、これは旦那様宛に来た手紙なのですが、ここにヒントがあるかもしれません」

そう言ってロイドが一通の手紙を差し出した。ドノバンからノア宛の手紙だった。

「ロイドさん、ありがとうございます。あなたたちのご主人様の寿命をしばらくお預かりします」

そう言って、フィーネは書庫にこもることにした。

城の書庫には腐るほど魔導書がある。

だから、必ずノアが残した研究データを読み解いてみせる。己の力を知り、必ずやあの魔術で閉ざされたドアを開くのだ。

ノアは自分の寿命をひと月と見積もっているとロイドが言っていた。

魔力枯渇症は早期に見つかれば、ポーションの服用で治る。魔力の補給と内臓の修復がメインだ。

フィーネはノアが作ったポーションと、教わった魔力制御のお陰で小康状態にまでなった。しかし、ぼろぼろになってしまった内臓は、ノアのポーションをもってしても修復しきれなかった。

ノアは昨夜執り行った魔術により、そのダメージを引き受けたのだ。

彼が残したデータを見る限り、フィーネの実験は途中で終わっている。何より、結果が書いていない。

何らかの理由で実験は中断された。それともフィーネの魔力の正体がわかったから、実験をやめたのだろうか。

いずれにしても、無属性の研究を早々に切り上げ、彼はフィーネの命を救うための研究を始めた。

フィーネはロイドから受け取った父から送られてきたノア宛の手紙を読む。それは一見普通のわび状だった。しかし、驚くべき事実がしるされていた。マギーの魔力過多症の発症とワーマインの推測。

そこから導き出される答えは。

「私には人を癒やす力があるの……？」

そして、人は癒やせても自分は癒やせないのだろうか。

いや、きっと答えはそんな簡単なものではないだろう。それならば、ノアが教えてくれているはずだ。

それにフィーネはこれまでの人生で人の傷を治した記憶はない。

病気限定かと考えたが、風邪をひいたミュゲやロルフを看病したこともあるが、自分が魔力を使って癒やしていたとは思えない。特に治りが早かった覚えもないし、彼らは薬と休息で治ったのだ。

「ならば、私の魔力は何？」

フィーネに魔導の知識はほとんどない。ここに来て書庫で勉強し、ノアやロイドに少し教えてもらっただけだ。

書庫にこもること、一週間が過ぎた。これほどの蔵書数を誇るのに、文献の中に自分のような例は一つとして見つからない。刻一刻と時間ばかりが過ぎていく。

しょせん、天才の足元にもおよばないのだろうと、絶望しかけたこともある。だからといって手をこまねいてはいられない。彼はこの国の最大の功労者で、きっとこれからもすごい発見をして大活躍するのだ。絶対に必要な人。

フィーネは自分の魔力が何かを日々探りつつも、ノアが心配で日に何度かロイドに安否確認をしている。

ロイドの話だと、彼が死ぬか、実験に成功すれば、閉ざされた扉は開くという。以前も同じように彼は実験棟にこもったことがあったと言っていた。高等魔術で閉ざされたドアは何をもってしても開かないと。

フィーネは、ノアが実験室で言っていた言葉を思い出す。

『無属性とはもともと属性に分けられない魔力を総称してそう呼んでいるだけなのだ』と。

彼はフィーネの魔力を語る時に慎重だったように思う。

フィーネはこれまでの事象を思い出す。フィーネはなぜか幼いころから魔法にかからなかった。だから、ロルフの制約魔法も効かなかった。

ノアは『簡易検査ですり抜けてしまう魔力もある』とも言っていた。

ムゾクセイ、簡易検査をすり抜ける。

「魔力をはじくの？　魔力抵抗が強い？」

だから、簡易検査で魔力なしと出た。

「魔力に反応しないとか、体質的なものかしら?」

だが、ノアの魔力は受け入れていた。そのおかげでフィーネは自分の体を巡る魔力を感じることができるようになったのだ。

「それなら答えはなに?」

日々堂々巡りが繰り返される。瞬く間に一週間が過ぎてしまった。

「フィーネ様、どうかお休みください」

「すみません、ご心配おかけして。でも大丈夫です。休息はしっかりと挟んでいますから。マーサさんこそ、休んでください。私はこの通り元気ですから」

マーサの方がよほど疲れているように見えるので、フィーネは彼女に微笑みかけた。

「私のことはマーサで結構です。フィーネ様、ではせめてこちらをお飲みください。フィーネ様のご病気はまだ完治したわけではないのですよ。どうか、お体を大切になさってください」

そう言ってマーサはルビー色のハーブティーをフィーネの前に置いた。

「ありがとうございます」

「ぜひ、温かいうちにお飲みください」

マーサはフィーネが飲むまで離れない気だ。ハーブティーを一口含む。甘酸っぱい香りが口いっぱいに広がった。

「おいしい」

ふとマーサを見ると彼女も、目の下にくまを作っている。フィーネが寝ないから、彼女も眠らないで付き添っていてくれるのだろう。

その夜フィーネは寝ることにした。眠れるかどうかはわからないが、いずれにしても寝不足でもう頭は働かない状態だし、とにかくマーサを休ませてあげたかった。


マーサがカーテンを開ける音が聞こえてきた。

「フィーネ様、おはようございます」

夢うつつの間に朝になっていた。

「おはようございます、眠れましたか？」

フィーネがそう声をかけると、マーサが驚いたような顔をする。

「フィーネ様は、私の心配をしてくださったのですね」

昨日よりは疲れが取れたのか、いくぶん顔色のよくなったマーサは微笑んだ。

少し眠ったおかげでクリアになったフィーネの頭が、朝の柔らかな日差しを浴びて回転し始める。

水晶玉に反応しない魔力、マギーの病は魔力過多症、ロルフの制約魔法にかからない。

子供のころから、ロルフは魔力のないフィーネに、魔法を使って嫌がらせをしようとしてきた。

そのどれにもかかったことはない。途中からは変に絡まれるのも面倒なので、かかったふりをすることもたびたびあった。

「私の魔力は……癒やすのでも、はじくのでもなくて、もしかして、吸収するの？　いえ、それならばいつか魔力はあふれ、魔力過多症になるはず。でも私がなったのは魔力枯渇症。そうか！　私は……そうだったのね」

自然とフィーネの口元がほころび笑いが漏れた。フィーネの様子にマーサが目を丸くする。

「フィーネ様、もうしばらくお休みになった方が」

マーサがおろおろと声をかける。

「いいえ、大丈夫です。私はこれから、ノア様を助けに行きます。そして自分の寿命をまっとうしたいと思います」

フィーネは決然と言い放つとベッドから飛び起きた。

中央階段を駆け下り、ノアのいる実験棟へ向かう。

そこにはやはり、ロイドの姿があった。彼はすっかり憔悴しきっている。

「ロイドさん、扉の封印が解けるかもしれません」

「何ですって！」

主人に似て、日頃あまり表情の動かないロイドが驚きに目を見開いた。

「ちょっと試してみます」

そう言いつつも、フィーネにはこれが答えだという確信があった。

ノアは気づいていたのだ。だからフィーネに言わなかった。彼はこの事態を想定していたのかもしれない。

フィーネは強く願う。扉よ、開けと。そしてイメージする。

すると扉を覆う青い茨状のものが見えてきた。フィーネには彼のかけた魔術が見えるのだ。それを徐々に吸収し、無効化していく。気づいてしまえば、やり方などわからなくても力を使うことができる。

フィーネの力でドアを覆った茨は、徐々にその姿を消していく。彼女がドアノブを回すと、何の抵抗もなくドアはするりと開いた。

「フィーネ様、これはいったい？」

驚くロイドの声を後ろに聞きながら、フィーネは実験室に飛び込んだ。

薬草やビーカーの置かれた机の上に、突っ伏して倒れているノアを見つけた。

「ノア様！」

「ご主人様」

二人は同時に駆け寄る。

間に合わなかったのだろうか？　自分で開けたと思っていた扉は、ノアの命が尽きたから開いたのだろうか。

フィーネは泣き叫んで、ノアの体をゆする。

彼を癒やしたい。強く願ってしがみつく。まだ、体は温かい。

「フィーネ様、落ち着いてください！　ご主人様は生きています」

「え？」

泣きながら、フィーネはロイドを見上げる。

「おそらく眠っているだけかと」

安堵したのかロイドが泣き笑いのような表情を浮かべる。ノアのまつげがかすかに震え、やがて目が開く。

「おい、うるさいぞ。少し寝かせろ。ずっと徹夜続きだったんだ」

うなるように言うノアの声が聞こえた。

「ノア様？」

フィーネがそう声をかけ、彼の右の頬に手を触れる。するとしゅうと小さな音をたて、ノアの右側の火傷の痕が消えていく。

「ノア様ったら、お顔の傷は魔術だったのですね」

あきれたように言うフィーネの声に驚いたように、ノアはがばりと起き上がる。

「フィーネ、お前、何をやっている！　今すぐやめろ」

「よかった。ノア様が生きていて……」

「当たり前だ。実験は成功だ。俺の体で実証済みだ。そんなことより、お前は自分の力に気づいたのか？」

ノアが大きく目を見開く。

「ふふ、だって、おかしいじゃないですか。万能薬のエリクサーで治らない傷があるだなんて。それに天才のノア様が、いつまでたっても私の魔力の性質がわからないだなんて。隠したかったのでしょう」

そこまで言うとフィーネの視界はぐにゃりと歪んだ。

「おい、フィーネ、大丈夫か！」

ノアの声を心地よく、遠くに聞きながら、フィーネは意識を失った。

「フィーネ起きろ！」

頬に冷たいタオルが当てられる。その感触にフィーネは目を覚ました。

「バカか、お前は。せっかく寿命をやったのに、また魔力が枯渇しかけているではないか。俺の開発した薬を飲め。治験は俺で済んでいる。内臓の修復もすぐにできた」

毒々しい赤色の液体が入ったビーカーを差し出される。

ここは実験室でフィーネはソファに寝かされていた。気を失ってから、それほど時間はたっていないようだ。

しかし、ノアの姿を見ると再び涙が込み上げてきた。

「よかった。ノア様、ご無事で」

「いいから、俺の作った薬を飲め！　実験体」

フィーネは実験体という言葉に反応し、ビーカーに入った液体を素直に飲み干した。

その途端、体がかっと熱くなり、喉がやけるように感じた。

「なんですか？　このウオツカのような液体は！」

フィーネは目を丸くする。

「体の具合はどうだ」

「何だが、熱いです。それに体力がみなぎってくるような、駆け出したくなるような気分です」

「よし、実験成功だ。これにて、お前の魔力枯渇症は完治。せいぜい長生きするんだな」

「え？」

「まったくとんでもない奴だな。俺の魔術を破ったのはお前が初めてだ。交換の契約魔術までとけている。くそ、お前のお陰で自信を失った。研究所のセキュリティが不安でたまらん。この分ではあの棚も破られそうだ」

別に難しい技術など何も使っていない。フィーネはただ、イメージしただけだ。

「あの、交換の契約って、もしかして魔法陣を使って内臓のダメージを入れ替えたものですか？」

「そうだ。俺の薬の完成が先でよかった」

ノアがほっとしたように言う。

「この苦くて強いお酒みたいな薬がエリクサーですか？」

「そうだ。本物のエリクサーだ。俺は、これから偽物を退治してくる」

「は？」

フィーネは意味がわからなくて、目が点になった。

「ロイド、心配をかけてすまなかった。俺は明日の朝、王都に発つ。お前はゆっくり休んでくれ」

「承知いたしました」

ロイドが嬉しそうにノアの命令に微笑んだ。

その後、ノアは使用人たちに自分の無事を知らせ、彼らをねぎらった。

第十一章　決着

ノアが復活した翌朝。

王都に一人で出発しようとするノアに、すっかり健康を取り戻したフィーネが縋りつく。

「私も王都に連れていってください」

「別に構わんが、俺には大切な用事があるから、お前とはあまり遊んでやれない。それにお前も徹夜続きだったと聞いているぞ。少し休んだらどうだ？」

ノアが困ったように眉尻を下げる。

「違います。遊んでもらいたいわけではないのです。私、決着をつけたいことがあるのです」

「何の決着をつけたいんだ？」

「家族です。特にミュゲです！　ロルフにも頭に来ていますけれど」

フィーネはここ最近、家族のことは忘れてしまったかのように、口にしていなかったのでノアはピンときた。

「お前、まさか手紙を読んだのか？」

「すみません。うちの父からノア様宛のお手紙を読みました。あまりにもノア様に失礼すぎて」

フィーネはノアに頭を下げる。

「ロイドの奴」

「ロイドさんは悪くありません！　私が自分の魔力を知りたいと、お願いしたんです」

「しょうがない奴だ。だが、実家に行く時は俺も一緒に行く。何をされるかわからんからな」

ノアがフィーネに言い聞かせる。

「大丈夫です。私も、もうそんな間抜けではありません。どうしてもミュゲが許せないんです」

「ふん、それは奇遇だな。俺も殺……殴りたい奴がいる。証拠だのそんなものはどうでもいい。首根っこをひっつかんでやる」

あまり感情を表に出さないノアが、珍しく激昂している。フィーネはその様子を見て驚いた。

「ノア様が、それほど怒るだなんて、よほどひどいことをされたのですね。私もお手伝いします」

フィーネがきりりと表情を引き締める。

「大丈夫だ、フィーネ。お前の手を借りるほどのことではない。フィーネは自分の怒りを吐き出してこい」

「はい、ミュゲをはたいてきます」

フィーネはノアの言葉に頷き、ぎゅっと拳を握る。

「お前のされたことは、はたく程度で気が済むことなのか？　ポーションが不足すれば、すぐに死んでもおかしくない状態だったぞ」

ノアが驚いたようにフィーネを見る。

「え？　まあ、復讐のことは、その後で考えます」

そういえば、ここの生活が快適すぎてフィーネは途中から何も考えていなかった。ノアと過ごした日々が輝いている。それにマーサ、ロイドにハンス、王都ではフェルナンにリジー、彼らととても楽しい時を過ごした。

しかし、だからといってミュゲやロルフがやったことが帳消しになるわけではない。

「そうだ。フィーネ、お前の力は悪用されやすい。絶対に他言無用だぞ」

真剣な表情でノアが告げる。フィーネもそんな気はしていた。ノアはそれを知っていて言わなかったのだろう。

だいたい人のかけた魔術や魔法が見えるなど聞いたことはない。今もほんの少し意識して目を凝らせば、ノアを覆う力強い魔力が見える。

自覚してしまえば、フィーネは自分の魔力を自在に使えた。

「はい」

フィーネはノアの言葉に深く頷いた。


こうして、二人は連れだって王都へ旅立つこととなった。

移動は転移魔法陣を使い一瞬だ。

目を開けるとフィーネは、王都のタウンハウスの白い部屋にいた。


火傷の痕のないノアの顔と、元気なフィーネの姿に、王都の使用人たちは一様に驚いていた。

「フィーネの病は完治した。彼女は長生きする予定だ。俺はこれから、魔塔へ行く。くれぐれもフィーネが一人で外出しないように見張っていてくれ」

「私はずいぶん信用がないのですね」

ノアはフィーネの不平をさらりと聞き流す。

「それからフィーネは特異体質で、警戒すると魔力の類いが効かない時がある。何か無茶をしそうになったら、物理的に閉じ込めておいてくれ」

「承知いたしました」

いち早く驚きの状況から立ち直ったフェルナンが答える。

「ノア様、あんまりです。それにノア様は何かひどいことをされたのですよね？　いつもとなんだか様子が違います。やはり私もついていきます」

フィーネが一歩前に出る。

「お前は病み上がりの体なんだ。少し休むといい。大丈夫だ。たいしたことではない」

心配そうにそわそわするフィーネをなだめて、ノアは一人魔塔へ向かった。


王都はエリクサーが開発されたということで、にぎわっていた。開発者であるユルゲン・ノームがたたえられている。

「あのバカが」

ノアは悪態をつきながら、魔塔の入り口をいつものように通り抜けようとした。

「お待ちください！　身分を証明できるものをお持ちですか」

魔塔を警備する騎士に止められた。こんなことは初めてだ。

いつもはぞろりとしたローブ姿だが、今日はシャツにズボンだ。とはいっても仕立てのよいシルクである。

ノアは魔法による認証で身分のあかしを立てた。

「え？　シュタイン閣下ですか？」

「そうだが？」

ノアはフィーネのせいで、自分の顔が元に戻ってしまったことを思い出す。怒りのあまりそのまま突っ走ってきてしまった。

トレードマークとなっている顔を隠すローブもなく火傷の痕もないので、魔塔の者は誰もノアと気づかないだろう。だが、今はそれに構わず、ずんずんと魔塔のユルゲンがいる研究室に向かう。

奥に進むにつれ、人が増え、あたりが騒然としてきた。そして、なぜか憲兵たちがぞろぞろといる。人垣の中にエドモンドの姿が見えた。中心にいるのはユルゲンだった。一足早くエドモンドがユルゲンを捕まえたようだ。

ノアはユルゲンを見つけた途端走った。このすきを逃すわけにいかない。でなければ、ユルゲンは収監され手出しできなくなる。

憲兵が気づきノアを制止しようとする。しかし、風の魔法を纏ったノアを捕まえることはできない。

「ユルゲン、貴様、よくもデータを盗んだな！」

叫んだ途端、ノアの拳がさく裂し、ユルゲンは吹き飛び、したたかに壁に叩きつけられ、ずるりと床に転がった。ユルゲンは痛みにうめき声を上げつつも、何が起きたのかわからない様子で、目を大きく見開いてノアを見上げる。

「お、お前、ノアか？　ノアだよな？」

火傷の痕の消えたノアの顔に驚いたようにエドモンドが言う。彼は幼馴染なので、ノアの傷のない顔を覚えていたのだ。

それと同時に風の魔法も解け、ノアはその場で憲兵たちに羽交い絞めにされた。

「エド、俺は、そいつを殴り足りないのですが？」

ノアは怒り心頭だ。

「ちょっと待て、ノア。それでお前の大切な人は助かったのか」

「はい、ギリギリのところで」

ほっとしたようにエドモンドは息をつく。

「それはよかった。こいつは今から拘留するところだ。お前がさっさと自領に戻ってしまったから、証拠を集めるのに手間取った。せいぜい恩に着ろよ。それから、少し頭を冷やせ」

「殿下、十分冷えています」

ノアが答えると、エドモンドがノアを離すように憲兵に指示を出す。

すると瞳に憎悪をたたえたユルゲンが、ノアを指さし叫ぶ。

「僕は無実だ！　言いがかりです。こいつは僕にいわれのない暴行を働いた！」

その瞬間ユルゲンが叫んだので、ノアは再び彼に向っていき、思い切り蹴りあげたことで、今度こそ完全に憲兵たちに取り押さえられた。

エドモンドは激昂する友人を前に、処置なしとばかりに頭を抱える。

「気持ちはわかるが、これから取り調べののち、裁判なんだ。いちいち、こいつの挑発に乗らないでくれ。頼むから憲兵たちを魔法で吹き飛ばさないでくれよ」

エドモンドが頭痛に耐えるようにこめかみを押さえた。


結局ノアも、「頭を冷やせ」ということで王宮内に拘留されることになった。聴取を受け一晩泊まる。周りは同情的でそれなりに居心地はよかった。

翌朝エドモンド自身がノアを呼びに来た。

「おい、お迎えが来たぞ」

ノアは解放されることとなった。今後は被害者として、裁判にも出廷しなければならない。研究以外に時間を取られるのは嫌だったが、ユルゲンを無罪放免になどできないので、全面的に協力することに決めた。今後円滑な研究活動を行っていくためにも牢獄へ放り込んでおくべき人物だ。倫理観のない者に研究する資格はない。

「ノア様、魔塔で暴れたってほんとうですか?」

ノアがびっくりして顔を上げると、エドモンドの後ろから、フィーネとフェルナンが現れた。

「なんで、フィーネまで連れてきたんだ」

渋い顔をしてフェルナンを見る。

「そんな。フィーネ様を閉じ込めるだなんてできません」

フェルナンがとんでもないというように首を振る。

「しょうがないな」

新緑の瞳をきらめかせるフィーネに、ノアは目を移す。

「それで、ノア様は何をして捕まったのですか？　もしかして王都に来る時に言っていた気に入らない人を殴ってしまったんですか？」

フィーネが真剣な面持ちで聞いてくる。

「まあ、そんなようなものだ」

「優しいノア様がそんなに怒るだなんて。その方はいったい何をしたのですか？」

珍しくフィーネが眉根を寄せる。

「エリクサーのデータを盗まれた。そのうえ、不完全なものを先に発表された」

「それはひどすぎます！　ノア様があれほど熱心に打ち込んでいた研究成果を盗むなんて許せません」

日ごろは穏やかな光をたたえているフィーネの翠玉の美しい瞳に、怒りの色が宿る。

「本来なら、あそこまで追い詰められずに、お前を治せたものを。だから制裁を下しておいた」

「物理的に制裁を下して、ノア様も捕まってしまったんですね。やはり、私もお手伝いしたかったです」

フィーネが残念そうに唇をかむ。

「お前があのような薄汚い男に会う必要はない。この件は、そのうち裁判になるから、俺はしばらく王都にいることになるだろう」

ノアは自領を愛しているから、早く帰りたかった。

裁判が始まるとそちらに時間を取られ、研究も滞るし、元気になったフィーネの相手もしてやれない。そこは残念だ。

「それで、ノア様は本物のエリクサーを発表するのですか」

フィーネはまっすぐにノアを見つめる。

「近々発表するつもりだ。ユルゲンの作った中途半端な代物が市場で幅を利かせては困るからな。だが、素材が非常に手に入りにくい。一般市民に広がるまでにはいろいろな障害があるだろう」

ノアの言葉にフィーネは神妙に頷いた。

「ノア様なら障害を取り除けると思います。私のことも実験体として役立ててください」

そんなフィーネの一生懸命な様子に思わずノアの口元は緩む。

「大丈夫だ。フィーネ、ここからはこの国の王子の仕事だ」

そう言ってノアは、ここまでのやり取りをにやにやしながら見ていたエドモンドを振り返る。

「ああ、せいぜい期待していてくれ」

エドモンドは不敵な笑みを見せる。

「素敵なお友達ですね」

そんなフィーネの柔らかい囁きがノアの耳に届いた。

「そうだな。ずいぶんと助けられている」

その後、エドモンドと別れ、フィーネとノアはシュタイン家の馬車に乗り込んだ。

フィーネはノアに手を取られ、シュタイン家のポーチで馬車を降りた。

いつもなら、ノアのエスコートに照れてしまうところだが、今はそれどころではなかった。一歩間違えれば、ノアは死んでいたかもしれないのだ。フィーネの怒りは持続している。

「フィーネ、あまり怒ると体に障る」

「大丈夫です。病気はノア様が治してくださいましたから」

「しかし、病後の体は大事にしなくてはならない。無理は禁物だ」

「だって、ノア様はもう少しで……」

ノアが研究室に閉じこもってしまった時のことを思い出すと、フィーネの瞳に涙がせりあがってくる。悔しくてたまらなかった。

「どうして、お前が泣くんだ。まったく今まで怒っていたかと思ったら、今度は泣き出して、仕方のない奴だ」

ノアが慌てたようにハンカチを取り出し、フィーネの涙を拭き、ぎこちなく頭をなでる。

フィーネはノアにサロンに連れていかれた。

「ほら、フィーネ、茶でも飲めば落ち着くだろう」

ソファに腰を掛けると幾分気持ちも落ち着いてきた。

フェルナンがフィーネとノアの前に熱い紅茶の注がれたティーカップ置き、すぐにつまめるサンドイッチやスコーンをリジーが運んできてくれた。

「私ったら、勝手に大騒ぎして、本当に大変だったのはノア様なのに。すみません」

フィーネは恥ずかしくなって、赤くなる。気づけばノアは、すっきりしたような顔をしているのに、フィーネだけが騒いでいた。

「ほら、フィーネ、お前の好きな焼き菓子もあるぞ」

そう言って、ノアがフィーネに食べさせようとする。その時唐突に、フィーネは二人の距離の近さに気づいた。二人は今並んで同じソファに座っている。

「はい、あの、どうして私たちは並んで座っているのでしょう？」

フィーネはどきどきしてきた。ピクニックの時は並んで座ったりもしたがこれほど近い距離ではなかった。

「それは、俺がお前を抱えてここまで来たからだ」

ノアがほんのり頬を染める。そんな姿を見るとフィーネまで、意識して赤くなってしまう。

フィーネはもじもじしながらも話を切り出した。

「今回の一連の事件は、私がノア様のもとに行ったから起きたのですよね」

ノアが驚いたような顔をする。

「なぜ、そうなる？　フィーネは関係ない。俺があいつを今まで放置していたのが悪いんだ。いちいち俺のことで心を揺らすな。体に障る」

ノアの言葉がフィーネの心にじんわりとしみる。本当にこの人は優しいのだと思う。そのうえ、フィーネに寿命と健康な体をくれた。

「わかりました。私は、今後体に障ることは一切しません。でも、やっぱり悔しい……」

そんなフィーネを見てノアはふわりと笑う。

「何を言う。お前が俺の実験体になったおかげで、エリクサーができたんだ。それに俺もあいつが投獄される前に殴れて満足している」

「ノア様が満足しているのなら。私もノア様の実験体になれてよかったです」

「それで、フィーネ、お前も決着をつけたくて王都に来たのではなかったのか？」

ノアに問われてフィーネはハッとする。

そういえば、ミュゲの仕打ちが許せなく王都まで着いてきたのに、ノアの一件ですっかり忘れていた。

「そうです！　私、姉がどうしても許せなくて」

「お前、……あれだけのことをされて、また忘れていたのか」

ノアが眉根を寄せる。

「いえ、そういうわけでは……。私、姉と兄には本当に頭にきているんです。だから、家族と決着をつけたいんです。本当は謝ってほしいところですが、そういう人たちではないので、今まで我慢して言えなかったことをちゃんと伝えてきます。それから、しっかりと怒ってきます」

「お前は甘いな。きっちりと詫びを入れさせろ。今度は俺がお前に付き添う」

ノアの気持ちは嬉しいし、心強く感じるが、彼は大変な目にあったばかりなのだ。フィーネは彼には休んでほしかった。

「大丈夫です。ノア様はゆっくり休んでください。それから、ノア様が支払った分のお金を返すように説得してきます」

　家族のやったことは、ドノバンが手紙で詫びれば済まされるようなことではない。ノアのことだから、きっとハウゼン家を訴えたりしないだろう。それもあって、フィーネは余計腹が立つのだ。

「いや、どう考えても無理だろう。俺のことは気にするな」

「あの……お話し中、まことに恐縮なのですが……」

　今まで空気のようにサロンの隅に控えていたフェルナンがおずおずと口を開く。フィーネもノアも彼の存在をすっかり忘れていたので、ぎょっとして振り返る。

「なんだ。フェルナン、どうした？」

「ハウゼン家は少し前に没落しています」

「ええ？」

　フィーネは驚いてソファから腰を浮かす。

　確かに、父の手紙にまもなく没落するとは書いてあったが、現実にそうなってみると思っていた以上に衝撃を受ける。


　その後、ハウゼン家は一家離散しているようだとフェルナンから話を聞いた。

「ハウゼンの屋敷はまだ残っているのですよね？」

　フィーネはフェルナンに確認する。

「はい、廃墟になっているようですが……」

　フェルナンはフィーネに気を使っているのか、いつもより歯切れが悪い。フィーネがノアのもとで幸せに暮らしている間に、実家が没落の憂き目にあっているなどと思いもよらなかった。

事実、ミュゲは仮面舞踏会に参加して遊んでいたのだから、てっきり実家はまだあるものかと思っていた。

「ノア様、私、やはり行ってみようかと思います。姉は執着心が強いので、たとえ家がなくなったとしてもまだ出入りしているような気がするんです」

これは妹の勘のようなものだった。


ノアには一人で大丈夫だと言ったのだが、彼はいったん着替えて、フィーネと一緒に馬車に乗り込んだ。ノアによると拘留先はエドモンドの計らいで快適だったから、疲れていないという。

今回はフェルナンに加え従者が三人ついてきた。

生家にまだ家族がいるかもしれない。そんな気がしたのだ。フィーネはなんとしても会いたかった。

それに魔力過多症のマギーがどうしているのか気になる。やはり、病気のまま家が没落するなど哀れだ。

馬車は、王都の一等地から少し離れた地域に入っていった。

ノアの手を借りて、生家の前で馬車を降りる。フィーネはハウゼン家を見上げて、びっくりした。

「え？　どうして？」

思わずそんな声が漏れる。元ハウゼン家の屋敷はまるで爆発を起こしたようで、一部屋根がなく半壊していた。手入れのされていない庭は荒れ放題で、まさに廃墟そのもの。

「おおかた三女が魔力暴走を起こしたのだろう」

「家族は無事なのでしょうか？」

フィーネはノアの言葉に顔を青くする。マギーは最後に会った時十四だったから、今は誕生日を迎え、十五になっているはずだ。

「あんな目にあわされても、フィーネは家族の心配をするのか？」

ノアが真剣な表情で問うてくる。その青い瞳の奥には怒りの色が見えた。

「もちろん、許せない気持ちはあります。ですが、父も母も私の余命を知らなかったし、家族の誰とも似ていない娘が生まれれば、疎ましく思うという気持ちも、百歩譲ればわかる気がします。ただ、ミュゲとロルフの行動は理解できません。きっと彼らにとって、私は家族とは認識されていなかったのでしょう。それに父にしても没落するから、骨を拾ってくれなんて、詐欺のような真似をしておいて、ノア様に失礼すぎです！」

言いたいことをぶちまけて、ノアの渡した金を返してもらって、それで終わりにしようと思っていたのに、実家は廃墟となっていた。

「フィーネ、ハウゼン氏からお前宛の手紙を預かっている。今ここにはないが」

ノアの言葉にフィーネは驚いた。父が自分宛に手紙を書いてくるとは思わなかった。

「そうですか。ありがとうございます」

ノアに頭を下げた瞬間、フィーネは視線を感じた。屋敷に目を向けると窓の奥に人影をとらえた。

「人がいるみたいです」

見た目は廃屋なのだが、確実に中には人がいる。

フィーネは思わずポーチに一歩踏み込んだ。すると窓の向こうに赤毛が動くのが見えた。

「驚いたな。まだ住んでいるのか」

後からついてきたノアが、あきれたように言う。

「ノア様、私、行ってきます」

「フィーネ、やはり危ないからやめておけ。失うものがない人間ほど恐ろしいものはない。罠かもしれないぞ。俺が行って見てこよう」

しかし、フィーネはノアを止めた。

「大丈夫です。いざとなったら、悲鳴を上げますから。それに元は自分の家です。私は姉や兄がどうしてあんなひどいことができたのか知りたいんです」

フィーネは自分の中で、くすぶる家族への怒りに決着をつけたかった。

ノアはしばらく思案した末、答える。

「わかった。十分に気を付けろ」

フィーネは頷くと、玄関へ向かう。さっき窓越しに見えた人影はミュゲだという確信があった。

「ミュゲ！　いるんでしょ！　フィーネよ。出てきて」

ドアの壊れた玄関に踏み込むと同時に声を張り上げた。すると右側に伸びる廊下の方からガタリと音がする。

フィーネは反射的にそちらに向かう。

屋敷にはほとんど人の気配はない。父も母もどこへ行ってしまったのだろうか。彼らは、あまりにも無責任すぎる。それからマギーは無事だろうか。

音のした部屋の前まで来た。ドアは開け放たれている。

以前は食堂のあった場所だが、中に入ると埃が舞い、すっかり荒れ果てていた。椅子もテーブルも撤去され、金目のものはほぼ何も残っていない。

きっと没落と同時に債権者が持っていったのだろう。そして、食堂の隅の薄暗がりに、暗緑色のマントを着て、うずくまる影があった。

フードの横から赤毛がのぞいている。フィーネはここまで勢いで来てしまったが、姉の挙動を不気味に感じた。

「ミュゲでしょ?」

「そうよ。だったら何?」

振り向きもせず、ミュゲは挑戦的な口調で言って立ち上がる。

「だったら、何って。どうして、あんなひどいことをしたの?」

フィーネが単刀直入に聞く。

「こっちが聞きたいわ。まず、なんであんたはまだ生きているの?」

相変わらず、ひどい言い草だ。フィーネはかっとなり、動けば埃が舞うのも厭わずに、食堂の隅にいるミュゲに向かって歩いていった。

「どうして、そんなひどいことが言えるの? 私たちは姉妹ではなかったの? あなたにとって私は何」

「ハウゼン家の恥さらし。というかもう一度聞くけれど、なんであんたまだ生きているの？　王都に来るほど、元気なのはどうして？　それにマギーの手紙は読まなかったの？」

矢継ぎ早なミュゲの詰問。

「あなたに、恥さらしなどと言われる覚えはないわ！　それにマギーの手紙って何のこと？　マギーは無事なの？　他の者はどこにいるのよ」

フィーネはミュゲに詰め寄った。

「あの子、魔力過多症になったのよ。変人魔導士に気に入られているあんたなら、資金を融通できたでしょう？　そうすれば、うちが没落することはなかったのに」

恨みがましい口調でミュゲが言う。フィーネは驚きに目を見開いた。

「どういうこと？　それはノア様に無心をしろということなの。そんな手紙をノア様に書いていたの？」

ノアはそんなこと一言も言っていなかった。フィーネの頭は情報が多すぎてパンクしそうだった。

「当たり前でしょ？　家族なんだから、助けて当然じゃない！」

ミュゲが叫ぶ。

「ふざけないで！　都合のいい時ばかり家族だなんて。それなら、あなたが私にしてきた仕打ちは何なのよ！　私のことを家族なんて思っていないくせに、よくもそんなことが言えたわね。それより、マギーは無事なの？」

フィーネはせめてマギーがどうしているのかだけでも確認したかった。

それなのにミュゲはずっと背中を見せたままで、顔を見せない。フィーネはそんなミュゲを卑怯だと思った。

「知ったことじゃないわよ。あの子が薬を飲まずにいたせいで魔力暴走を起こして家は崩壊した！　みんなマギーのせい、あんたのせい、お父様のせい！　マギーもあんたも死ねばいい」

「いい加減にして、あなたなんて大嫌い！」

フィーネは頭にきて、ミュゲの腕をつかんで振り向かせようとした。

その時ふわりとミュゲのフードが脱げる。ハウゼン家特有の赤毛は艶を失い、振り返った彼女の右頬には切り傷が残っていた。フィーネは驚きに目を見張る。

「お姉様、その傷はいったい……」

その時ひらりとミュゲの右手が動く、手にはガラス片が握られていて、フィーネの顔を目がけてせまってくる。

逃げられる距離ではなかった。フィーネが思わず目を閉じると、突風が吹きぬける。

「貴様、フィーネに何をする！」

フィーネが恐る恐る目を開けると、ミュゲはノアに腕をつかまれていた。

直後に三人の従者が飛び込んできて、ミュゲを取り押さえる。みなフィーネを心配して、見守っていてくれたようだ。

ミュゲはぎょっとしたようにノアを見る。

「フィーネ、この人は誰？」

ミュゲは取り押さえられ顔を歪ませながらも、心底不思議そうにフィーネに問う。

「ノア・シュタイン公爵閣下よ。とても素晴らしい方です」

「うそ、うそでしょ？　こんな綺麗なわけない。そうか、フィーネはこの人の愛人になったのね。そうよね？　醜い変人公爵がこんな綺麗な顔しているわけがないじゃない！　仕立てのよい服を着ているから、どこかの大店《おおだな》の息子でしょ。この恥知らず！」

怒りに顔を赤く染めたミュゲが、フィーネを非難する。

「違うわ。お姉様、ひどいこと言わないで。悪い噂は全部嘘よ。ノア様はこの国にはなくてはならない素晴らしい方です。ハウゼン家はノア様に対して詐欺のような真似をしたのに、私はもったいないくらい幸せな生活を送らせてもらいました」

フィーネはノアの名誉のためにもきっぱりと言い放つ。

やがて外が騒がしくなり、憲兵が入ってきた。どうやらフェルナンが呼んできたようだ。

ミュゲはその場で、傷害未遂容疑で拘束された。

フィーネに悪態をつきながら、ミュゲは役人たちに引きずられていった。フィーネはその姿を見て、一気に緊張がほどけてふらりと倒れそうになる。

「フィーネ、怪我はないか？　可哀そうに」

ノアがぎゅっとフィーネを抱きしめる。

「もっともっとあの人が憎いと思っていたのに。めちゃくちゃに仕返ししたいと思っていたのに、私……」

可哀そうだと思ってしまった。なぜなのか自分でもわからない。涙があふれてきた。

越えられない壁のように、もっと強い人かと勝手に思い込んでいた。フィーネの復讐は始まる前にすでに終わっていたのだ。

「おそらく顔の傷は、魔力暴走に巻き込まれた時についたものだろう。お前の家族の行方は俺が探しておく、だからとりあえず家に戻ろう」

フィーネはノアに抱きかかえられるようにして、元実家のあった場所から去っていった。


ハウゼン家の没落とミュゲとの一件で、ざわついていたフィーネの心は三日もすると落ち着いてきた。

もともと彼らとは家族ではなかったのだ。だから、もう心を揺らすのはやめようと決意した。せっかくノアに長い余生をもらったのだから、思いを引きずっていたらもったいない。マギーのことは心配だけれど、フィーネは前を向くことにした。

なによりもノアやシュタイン家の使用人たちに心配をかけてしまう。

ノアは裁判と本物のエリクサーの発表を控え忙しく過ごしていた。フィーネも何かしたいと手伝いを申し出たのだが、ノアからきっぱりと断られ、家でしばらく静養しているように言われてしまった。

それにノアは忙しいにもかかわらず、時には街で見かけたと言ってフィーネの好きなタルトやケーキを買ってきてくれることもある。そのたびに、彼の気遣いにフィーネの心はふわりと温かくなった。

そんなある日、フィーネが王都タウンハウスのサロンでお茶を飲んでいると、ふらりとノアが入ってきた。

「フィーネ、これはハウゼン氏からお前宛の手紙だ」

ノアに手渡された。

「父も母もどうしているのでしょう」

ぽつりとフィーネが言う。

「お前の父母は隣国で平民となって働いている。破産したから、もうこの国には居場所がないのだろう。人に使われて苦労しているようだ」

「え?」

フィーネは驚いてノアを見る。

「調べてくれたのですか?」

ノアが首肯する。

「それから、ロルフはしばらく両親とともに働いていたようだが、逃げ出した。もともと怠け者なのだろう。野垂れ死にしたのか身を持ち崩したのかは知らない。爵位が継げなくてかなりショックを受けていたらしい」

「兄らしいですね」

ロルフはハウゼン家の嫡男であることを誇りに思っていたのだ。

「お前の妹は、この国の療養施設にいる」

「マギーは無事なのですか?」

やはり妹のことは心配だった。

「劣悪な施設に入っていたが、まともな施設に預けなおさせた。余計なことだったか?」

フィーネは首を振る。

「いいえ、ありがとうございます。マギーは顔に傷など負っていませんか?」

ノアの計らいに感謝し、マギーの行く末を案じた。

「爆風の中心にいた本人は無傷だ」

「よかった」

ノアはほっと胸をなでおろすフィーネの様子に、軽く眉根を寄せる。

「フィーネ、言っておくが、俺は彼女を引き取る気はない。変に情に流されるなよ。一度裏切った人間は何度でも裏切る。お前の妹だとはいえ、自衛のためなら他人を傷つけてもよいと思っているような人間だ。事実、お前は傷つけられたのだから」

そこまでは割り切れないけれど、ノアがフィーネのために腹を立ててくれていることは伝わってくる。

「マギーは少し気の弱いところがありましたから……」

「そのうち魔力過多症の治療薬をやり、お前の両親のもとに送る。それでお前と元家族の関係は終わりだ。いや、それより前に終わっていたな。自室で重い病で臥せるお前を、誰もかえりみなかったのだから」

そいうノアの青い瞳の奥には、強い怒りの色がある。

「ふふふ、そうでした。私、ノア様の家の玄関先に捨てられたのですよね」

当時フィーネは家族に捨てられ激昂していたのに、今は妙に心が凪いでいる。ノアがフィーネの代わりに怒ってくれているからだろうか。

「それからミュゲだが、近々国外追放される」

「え?」

「お前の実家はすでに他家のものになっている。そこへミュゲはたびたび侵入を繰り返し、勝手に家具や装飾品を売り払って、今の所有者を怒らせたんだ」

家族団らんの象徴である食堂の家具を売ったのは、あの家の新しい所有者ではなくミュゲだった。ハウゼン家は内側から崩壊していたのだ。

「姉がそんなことを」

ミュゲはどこまでも貪欲で、自己中心的な人だった。国外追放されたら、きっと隣国にいる父母を頼るのだろう。その後壊れた家族が上手くいくのかどうかはわからない。ミュゲもいずれは働くことになるはずだ。

膝に置かれた父の手紙が目に入る。読むのが少し怖かった。きっとそっけない言葉か、言い訳が並んでいることだろう。

「手紙、読みたくないのならば、今ここで焼き捨てるが?」

ノアが、聞いてくる。彼はどんな時でも、フィーネの味方でいてくれた。

彼がそばにいてくれる今なら家族と向き合い、感傷を断ち切ることができるとフィーネは思った。

新しい一歩を踏み出すために、もう二度と家族に振り回されるような人生を送らないために、フィーネはテーブルに置かれた手紙をペーパーナイフでゆっくりと開封していく。

フィーネは手紙を取り出し、読み始めた。


――フィーネ、すまない。我が家はもうすぐ没落する。これも身から出た錆、甘んじて受け入れる。

お前の余命についてはロルフとミュゲが黙っていたので、ワーマイン医師から聞くまで知らなかった。制約魔法についてはロルフが白状した。

フィーネ、これだけは信じてほしい。知っていたら、お前を辺境へ行かせることはなかった。

ロルフとミュゲがこれほど身勝手だったとは思ってもみなかった。いまさらだが、兄姉妹《きょうだい》のなかでもっとも聡明だったお前を、手放してしまったことを悔やんでいる。

お前がいたならば、ハウゼン家も立て直せたのではと考えてしまう。

髪の色も見た目もお前のせいではないのに、きちんと愛してやることができなくて申し訳なく思う。

ただお前の安らかな最期を祈っている――


手紙は走り書きのような、短いものだった。

沈黙するフィーネの背を、ノアが気遣うようにさする。

「いつ余命を知ったのかはわかりませんが、結局誰も私を迎えに来ようとはしなかった。捨てられたことには変わりませんし、そもそも愛されてもいませんでしたね。救いは謝罪と安らかな最期を願っているというところでしょうか」

そう言ってフィーネは小さく寂しげな笑みを浮かべる。

「お前は何も悪くない。悪いのはこいつらだ。こんなもの家族とは言えない。フィーネが悲しむ価値などないんだ」

そう言って、ノアはフィーネの手をそっと握る。その手は温かく、彼の心のぬくもりまで伝わってくるようだ。フィーネは、ふと祖母の言葉を思い出す。『家族は本来、お互いを思いやり支え合いながら生きていくものなの。それがなければ、たとえ血はつながっていても、家族とは言えないわ』、ローズは確かにそう言った。

「ノア様。私、以前は家族からの愛を望んでいました。認められたくて一生懸命でした。それなのに、今はもう彼らの愛も後悔も必要としていないんです。なぜでしょう……」

フィーネがぽつりと呟くと、ノアが彼女の細い肩を抱き引き寄せる。

「フィーネ。俺の愛も必要ないか？」

「え？」

フィーネは、驚いてノアを見る。

「いまさら、言うまでもないと思うが、俺はお前を愛している」

ノアが、フィーネが一番聞きたかった言葉を口にする。

「そんなの言ってほしいに決まっているじゃないですか。私もノア様を愛しています」

「では、結婚してくれるか？」

何の躊躇もないノアのストレートな言葉に、フィーネの心が激しく揺さぶられる。嬉しくないわけがないのに、ふいに涙が零れた。

彼の前途を思うと、立ち止まりうつむいてしまう自分がいる。

「私の家族は……あなたを騙しました。それに私は、制約魔法にかかったふりをして、余命が半年だということを父母に言いませんでした。あの時、兄と姉にあらがう体力はなかったけれど、なりふり構わず父母に縋ったあげく、『行け』と言われるのが怖かっただけなのかもしれません。だから、私も同罪です。せっかくノア様は成功を収めたのに、ハウゼンの名があなたの足を引っ張ってしまいます」

フィーネは涙を拭いて顔を上げ、ノアをまっすぐに見る。

「フィーネ、俺は騙されてよかった。お前にとっては不幸な出来事だったが、俺はこの出会いに感謝している。ただのフィーネとして、俺のもとへ来い」

ノアの言葉に胸を打たれ、彼への思いがあふれ出る。

思えば、彼は出会ったころから、無償でフィーネのすべてを受け入れてくれていた。

「ノア様、私はあなたが大好きです」

フィーネはぎゅっと彼にしがみついた。それに応えるようにノアもフィーネを抱きしめる。

「フィーネ、これからもずっと一緒だ」

そのひと月後、ユルゲン・ノームは有罪となり、無期限の強制労働が科されることになった。

ノア・シュタインは、エリクサーの開発により、華々しい成功をとげ、再び叙勲が決まる。

エピローグ　ともに歩む未来

フィーネは今、ノアの婚約者という立場だ。彼のような立派な人の婚約者が自分では申し訳ない気がする。

ユルゲン・ノームが逮捕されたあと、王都に流れていたノアの悪い噂は払しょくされた。

そのうえ、素顔を晒したノアは驚くほどのもてようだった。

それはそれで当然だと思うが、ノアは揺らぐことなく、フィーネを愛し大切にしてくれる。

今のフィーネは幸せだ。家族への思いも自分の中でそれなりに整理がついて、むしろすっきりしている。

ノアを含めシュタイン家の使用人たちにはいろいろと迷惑をかけたが、フィーネは今未来へ向かって一歩足を踏み出した。


二人はシュタイン領に戻り、休養を楽しんでいた。

からりと晴れた空は高く青く、空気は澄んでいて、今日は最高のピクニック日和《びより》だ。

ノアは午前中に仕事を切り上げて、フィーネと散歩をしてくれている。

しかし、急いで来たせいか、彼の黒髪は相変わらずぼさぼさだ。ロイドにいつも髪を整えるように言われているのだが、一向に改善されない。

そして、フィーネは、今ノアの漕ぐボートに乗っている。念願のボート遊びだ。きらきらと輝く湖面を渡る風が心地よい。ノアと一緒にいると、フィーネの中にどんどん好きなことが増えていく。

「そういえば、ノア様はどうして顔に傷を作っていたのですか？　あれは魔術というより呪いですよね」

「贖罪だ」

ノアは、ボートの上で、初めてフィーネに過去を語り始めた。

子供のころから天才肌だった彼は、当時無茶な実験をして多くの人に怪我を負わせたのだ。

そのころ城の中にあった実験室は爆発し、使用人たちは傷つき、巻き込まれた母親は足に怪我を負い歩けなくなった。

以来、彼は己の怪我の治療を拒み、回復することをも拒んだ。

「その後、俺はポーションの開発に努めた。そしてやっと母の足を治し、彼女は歩けるようになった」

「そうだったんですか。それなのに、顔の傷を治さなかったのですか？」

「三年だ。母は三年間歩くことができなかった。父も母も使用人たちも誰も俺を責めなかった。だから、あれは己への戒めだ」

フィーネはふと気になった。

彼の両親は今どうしているのだろう。誰の口からも聞くことがない。

「怪我が癒えた母は、父と二人でよく旅行するようになった。今まで歩けなかった時間を取り戻すように。貴族にしては珍しい恋愛結婚でね。仲の良い夫婦だった。俺が十六の時だった。その日も二人は元気に旅立った。だが、二度と帰ってくることはなかった。海難事故に遭ったんだ」

「そんな……」

フィーネの瞳が悲しみに揺れる。彼は愛するものを失ったのだ。どれほどの痛みを心に負ったことだろう。

「だから、俺は魔法陣による転移装置を作ろうと考えた」

フィーネは、ノアが研究にかける原点を見た気がした。

「ノア様は、誰かの平穏な生活を、幸せを願って研究に打ち込んでいたんですね」

フィーネの言葉にノアが顔を赤らめる。

「そんなたいしたものではない。俺が満足したかっただけだ」

「ふふふ、ノア様、ありがとうございます」

「何がだ」

ノアは、いつものぶっきらぼうな口調で答える。

「私に命をプレゼントしてくれて、そのおかげで今まで知らなかったノア様をたくさん知ることができます。これからもよろしくお願いします」

フィーネが頭を下げる。

「だから、やめろ！　そんな大げさなものではない」

ノアは耳まで赤くなっているが、彼の顔を覆うためのフードはもうない。

「そうだ。ノア様、私を助手に雇いませんか？　もちろんここの実験室専用の。私は実験体お役御免なのですよね？」

「ふん、ついでだから、教えてやる。お前の持つ魔力は人とは少し性質の違うものだ」

「え？」

「ハウゼン家にエルフの先祖がいるというのは、本当だ。お前の能力は人にはないものだ」

「は？」

フィーネは目をぱちくりした。

「先祖返りか、取り替え子かはわからないが、お前は上位種のエルフということだ」

「はい？　冗談ですよね？　私がエルフって」

フィーネは引きつった笑みを浮かべてノアに尋ねるが、彼の顔は真剣だ。

「魔法も魔術も区別なく、人の魔力をまとめて吸収し中和するなど、人の身でできるわけがないだろう。不可能だ」

「……えええええ！」

湖面をフィーネの絶叫が渡る。

「よって、お前は人外だ。大事なことだから、誰もいない湖面の真ん中で知らせた」

「つまり、ノア様と結婚できないと？」

フィーネは混乱した。ノアは眉間に軽くしわを寄せる。

「なんでそうなる？　俺はフィーネと結婚する。それにエルフ族は人族と婚姻可能な亜種だ。だが、お前がエルフということは秘密だ。狩られるか、利用されるぞ」

狩られると聞いてぞっとした。

「わかりました。ノア様がそこまで言うのなら、信じます。というか人外とか亜種とか言うのやめてもらえます？」

フィーネが不平を漏らすと、ノアは噴き出した。

「面白い奴だと思ったが、そもそも人ではなかったな」

そう言って楽しそうに笑うノアの体をフィーネはゆする。

「そんなことより、私、二百年も三百年も一人ぼっちで長生きしたらどうしましょう」

余命が半年というのも嫌だが、長寿すぎるというのも問題だ。

「それはただの伝承だ。寿命は人と変わらない。空気と水のよいところで生きたから長寿だったんだ」

フィーネはそこで不思議に思う。

「なんでそんなに詳しいのですか？」

「湖の向こうに森があるだろう。あの森に二百年ほど前までエルフ族が住んでいた。家に記録も残っている」

「そうだったんですか」

ここは水も空気も綺麗で、森は青々としていて美しい。

フィーネはノアと一緒にいるこの場所が大好きだ。

もしかしたら、ノアの祖先にもエルフがいるのかもしれない。彼の魔力量は計測史上最高といわれているのだから、十分にあり得る話だ。

「フィーネは妙にここが気に入っているし、故郷に帰ってきたのかもしれないな」

ノアがしみじみと言う。

「では、今度あの森に連れていってください」

「わかった。一緒に行こう」

ノアが微笑んで頷いた。

また一つ、彼がフィーネの望みをかなえてくれる。

ノアは絶対に約束を破らない。

これからもたくさん彼と約束できると思うと、フィーネは嬉しかった。


もう独りぼっちではない。

ずっと彼のそばに……、共に人生を歩んでいく。


その時、フィーネの髪をふわりと風が揺らした。


森の向こうから湖面を渡り、爽やかな風が吹き抜ける。

まるで二人の未来を祝福するかのように。

fin

番外編　二人の幸せ

フィーネがノアの正式な婚約者となって、二か月が過ぎた。

結婚式までは、ドレスや会場の準備などがあり、まだまだ時間がかかる。公爵の結婚となると大掛かりで大変だ。簡素に済まそうにも周りが許さない。

だがフィーネにはとって今は、信じられないくらい幸せで楽しいひと時だった。

最初フィーネは、結婚式はシュタインの領主館でもある城で執り行われることになると思っていた。

しかし、そんなある日、「フィーネ、結婚式は王都の大聖堂でする」とノアに言われフィーネはびっくりした。

大聖堂は王都のシュタイン家のタウンハウスから見える大きな石造りの神殿で、まさか自分がそこで結婚式を挙げることになるとは想像もしていなかった。

言われてみれば、この国の王族と公爵家には、大聖堂で結婚式を挙げるしきたりがある。

次にフィーネは、当然のようにマダム・フランシルの店に連れていかれた。ウェディングドレスができるまで最速で半年はかかるとのこと。

その衣装合わせが大変だった。

マダム・フランシルは妥協を許さないデザイナーなのだ。

彼女は嬉々として、いろいろな布を取りそろえていた。すべて白なのに、素材によって色合いが微妙に変わる。ベースになる生地を選ぶだけでも時間がかかり一仕事だった。

そのうえ、さらにノアが爆弾発言をする。

「フィーネ、大聖堂で結婚式を終えたら夜会を開いて、それからシュタイン領に帰るが、お前は領主夫人になるから、領主館でお披露目をする。その後、おそらく街を馬車でパレードすることになるだろう」

フィーネはノアの話に固まった。

「何ですって？　そんな……私なんかが」

「フィーネ、私なんかじゃない。お前は公爵夫人になるんだ。まあ無理はしなくていいが、結婚式とお披露目は、義務だと思ってあきらめてくれ。俺も派手にしたくはないんだが」

ノアがほんの少し面倒くさそうな顔をする。

「そうですよね？　そんなことをしたら、ノア様の研究の時間が減ってしまいます」

てっきりノアも同意してくれるかと思っていたが、意外にも彼は楽しそうな笑みを浮かべる。

「だが、フィーネのドレス姿は、楽しみだ。マダム・フランシルもお前のことを妖精か、エルフのように美しいと言っていたではないか」

フィーネはそれを聞いて青くなる。

「あの時は、心臓が止まるかと思いました。それなのにノア様ったら、笑ってらして」

フィーネが不満げにノアを見る。

「お前があまりにも挙動不審だったから、笑ってしまった」

そう言ってまた思い出したように笑い出す。

「だって、私、エルフだってばれたら狩られちゃうんですよね？」

「大丈夫だ。この家の警備の厳しさは知っているだろう？　それに領は平和そのものだし。皆の前で、お前の能力を見せつけない限りばれない。それにエルフを狩るのは禁じられている。ああ、それと忙しいところ悪いが、来週は三日ほど予定を空けておいてもらえないか」

「はい、大丈夫です。来週はお茶会もありませんので」

フィーネがほんのりと頬を染める。

「よかったな。友達ができて」

「はい」

王都へ来て茶会に出ているうちに、いつの間に友人ができていた。フィーネにとっては初めての友達だ。皆穏やかな人たちばかりで、茶会が楽しみになりつつある。

「ところで、来週何があるんです？」

フィーネが首を傾げてノアに問う。

「それは来週の楽しみに取っておけ」

ノアが頬を染め、ぶっきらぼうに言った。彼は照れ屋なのだ。

でも彼と過ごす時間は、きっと楽しいに決まっている。フィーネはワクワクしてきた。

翌週二人は、馬車に乗って三日ほど旅に出ることになった。行先は依然として秘密だ。

しかし、それも途中までで、フィーネは車窓に懐かしい風景を見る。

「ここは……」

「フィーネ、危ない」

ノアに腰を抱かれ初めて気づいた。フィーネは思わず身を乗り出していた。


ほどなくして、馬車は、木組みのこぢんまりとした屋敷のポーチの前でとまった。

ノアに手を取られ、馬車を降りる。

「お祖母様と暮らした家」

自然とフィーネの声は震えてきた。懐かしさでいっぱいになる。もう二度と来ることはかなわないと思っていた。

庭には昔と変わらず、祖母と共に世話がした白や赤のチューリップが咲いている。

「フィーネ、中に入ろうか」

「え！　入っても大丈夫なのですか？　今の持ち主の許可は取っているのですか？」

ノアは驚くフィーネの手を取り、彼女の手に銀色のカギをそっと握らせる。

「今の持ち主は、フィーネだよ」

「……本当に」

フィーネの目に涙があふれる。困った顔でノアがフィーネの零れる涙をハンカチで優しく拭う。

「ほら、泣くのはまだ早いぞ。中に入ってからだ」

そう言って、ノアは優しくフィーネの背を押した。

フィーネが鍵をさし扉を開けると、祖母と暮らした家は昔のままで。

「お嬢様。お久しぶりです」

「ええ！　あなたがたは」

祖母に仕えていた初老の執事とメイドが立っていた。

「彼らに、ここの管理を任せてある」

ノアの言葉を聞くや否や、フィーネは懐かしさのあまり彼らに抱きついていた。

とても親切で優しい使用人たちだった。

「お嬢様にお仕えすることができて光栄です」

柔らかく微笑む彼らを見て、フィーネはこれ以上ないほど胸がいっぱいになる。

「私も、楽しかったころの思い出はなに一つ残っていないと思っていたから、とっても嬉しいです」

フィーネは実家すらなくしてしまった。

でも今思うとフィーネの本当の故郷は、この祖母と暮らした家だ。

ほどなくして、彼らは「お疲れでしょうから、お茶の準備をいたしますね」と言って厨房へと去っていった。昔と変わらぬ優しい笑みを浮かべて。

「ノア様、ありがとうございます」

フィーネは改めてノアを振り返り、頭を下げた。

「いや、大したことではない。領地ごと買い取ろうとしたが、そっちの方は失敗した」

ノアが照れ隠しのように、ぶっきらぼうに言った。

「とんでもないです。十分すぎるくらいです」

フィーネはノアのもとに駆け寄るとぎゅっと手を握る。

「本当にありがとうございます」

「まったく、お前は……花嫁衣装を準備していた時より、ずっと幸せそうだな」

そう言ってノアが眉尻を下げる。

「もう、幸せすぎてどうしていいかわからないくらいです」

「あと、もう一つ机の上に贈り物があるのだが……」

フィーネが机の上を見るとそこに一組の書類があった。

「この家の権利書ですか？」

そう言いながら、フィーネは書類を手に取り、今度こそ言葉もなく泣き崩れた。

困ったような笑みを浮かべるノアに抱きかかえられて、フィーネはソファに腰かける。その間に、お茶の準備が整った。

テーブルにはフィーネの大好きなふわふわのスフレと、優しい香りのハーブティーが並べられている。

「フィーネ、大丈夫か？　いくらなんでも泣きすぎだろう」

困ったようにノアがフィーネの頭をなでる。

「だってこれ、父が売ってしまった、石鹸の会社の権利書じゃないですか」

「そうだ。今日からフィーネがオーナーだ。これが俺からの誕生日プレゼントだよ。宝飾品より喜ぶと思ってな」

彼に言われて、フィーネは今日が自分の誕生日だったと気が付いた。ぎゅっとノアにしがみつく。

「すごく、すごく嬉しいです。私、これからもノア様の実験体として頑張ります」

幸せすぎて、フィーネはパニックになりそうだった。

「違うだろう。これからは公爵夫人として無理のない程度に仕事を覚えていってくればいい。お前は張り切って、すぐに無茶をするからな」

ノアは優しくフィーネの背をなでる。フィーネはおとなしくノアの温かい腕の中におさまった。

「それだけでは足りません。領地でノア様の研究助手を務めます」

「フィーネ、頼むから、少しはのんびりしてくれ。そのためのプレゼントなのだから」

フィーネは嬉しそうに微笑んだ。声を出すと、また嗚咽が漏れそうだったから。

「私、ノア様のお誕生日にはいったい何を贈ったらいいでしょう?」

「ずっと、元気でそばにいてくれればいい」

ノアはいつもでもそうだ。フィーネには強欲になれと言うのに、彼自身は驚くほど欲がない。

「ノア様はいつもそう言って、私より、全然欲がないです」

フィーネがノアの青い瞳を見上げて言う。あまりにも近くにあるのでドキリとした。

「フィーネ、俺にとっては最愛の者がそばにいてくれることが、奇跡なんだ」

ノアがかつて大切な両親を一度に失ったことを思い出す。

フィーネにとっても、ノアは奇跡のような存在だ。たくさんのものを与えてくれた。今度はフィーネが彼に与える番だ。

「はい、私はずっとずっとノア様のそばにいます。あなたと一緒に笑い合って、幸せでいます」

きっとノア望む幸せは、誰かの幸せだ。

二人は同時に照れたように笑い合った。

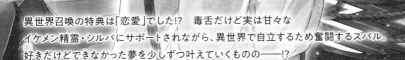